秘剣三日月斬り
髪結新三 事件控

特選
時代
小説

鳴海 丈

廣済堂文庫

目次

事件ノ一　三日月斬《みかづきぎ》り

一

頭の側面の黒髪を、人差指と中指ではさんで扱《しご》きながら、鬢《びん》のふくらみを作っていくあたりで、すでに女は、春情《しゅんじょう》をもよおしていた。

体温が上昇して肌が汗ばみ、髪の匂いが変わってくるから、それとわかる。

無理もない。髪の毛は、女にとって〈急所〉のひとつなのだ。

その髪を色々といじられていると、女としては、その相手に、まるで肌身を許したような錯覚に陥《おちい》ってしまうらしい。

まして、その髪結《かみゆい》が、秀麗な美貌の持《も》ち主《ぬし》であれば、なおさらである。

「――ねえ、新三《しんざ》さん」とお波《なみ》は訊《き》いた。

「お前さんはどこのお侍だったの？　髪結になるのは房州《ぼうしゅう》のご牢人《ろうにん》が多いって

いうけれど」

二十歳《はたち》前後の、ふっくらした顔つきの女である。

目も鼻も口も小さく唇も薄くて、男の庇護欲《ひごよく》をそそる容貌だ。

本人も、それを自覚しているのか、語尾を呑《の》みこむような子供っぽい喋《しゃべ》り方《かた》をする。

「さて、そいつは俗説じゃありませんかね」

彼女の背後に立っている新三は、穏やかな、しかし形だけの微笑を浮かべる。

声は、甘さのある低音だった。

細面《ほそおもて》で、役者のような美貌だが、唇は硬く引き締まり、女々《めめ》しさは全《まった》くない。

月代《さかやき》を伸ばし、右眉の上に髪が一房《ひとふさ》、垂《た》れていた。

長身瘦軀《そうく》、色白だが、骨組は意外とがっしりしているようだ。

大納言小紋《だいなごんこもん》の広袖《ひろそで》に襷掛《たすきが》けをして、前垂《まえだ》れを付けている。彼の右側には、台箱と呼ばれる道具箱が置いてあった。

そして、左側には、脇差《わきざし》が後ろ向きに置いてある。

「天下分け目の関ヶ原《せきがはら》の戦《いく》さから、ざっと四十年近く……牢人の数は増えることはあっても、減ることはありません。西国《さいごく》牢人が髪結をやっていても、奥州《おうしゅう》牢人が歯磨き売りになっていても、少しも不思議じゃあない」

髪の中に、鍋鉉《なべづる》のような形をした鬢差《びんざ》しを通しながら、新三は言った。

髪結には、大別して二種類ある。

店を出して、そこで客を待つ者と、道具類を持って得意客の間を廻《まわ》る者だ。

後者を、〈廻り髪結〉という。新三は、この廻り髪結であった。

江戸時代初期——髪結は、虚無僧《こむそう》と同じように、主家を失った牢人の臨時的な職業として、幕府から認可されていた。

そのため——長脇差の儀、御免許の事……諸国御関所へ行き掛け候ても、職方道具を所持に於ては御手形替え御免の事……日本六十余州、津々浦々、船渡賃銭御免の事……というように、数々の特権を有していた。

脇差を帯びているのは、町人に混じって仕事はしているが、いつでも武士の身分に戻れるという、証明のようなものである。

仕事の際には邪魔になるから、これを帯から抜いて、脇へ置かなくてはならない。

武士の作法では、いきなり相手を抜き討ちできないように、右側に置くのが礼儀だ。

しかし、髪結では、右側に台箱がないと、仕事がやりにくい。

そのため、左側に後ろ向きにして置くのが、廻り髪結の不文律となっていた。

「そうやって、すぐに誤魔化《ごまか》すんだから」

ふくれっ面《つら》を装うお波だったが、その声は少し、上ずっていた。

寛永《かんえい》十五年——西暦一六三八年の秋。

徳川幕府の将軍は、三代目の家光《いえみつ》である。

初代の家康《いえやす》、二代目の秀忠《ひでただ》と違って、初めて、本物の戦場を知らない将軍の治世となったのであった。

だが、この年の春に、〈天草の乱《あまくさのらん》〉は鎮圧されたものの、六十余州には、まだまだ厄介《やっかい》な火種がくすぶっていた……。

そこは、人形町《にんぎょうちょう》の端にある黒板塀の一軒家で、お波は、下女のお常《つね》と二人暮らし。

日がな、何をするでもなく遊び暮らしているところを見ると、大店《おおだな》の商人《あきんど》か何かの、囲い者なのだろう。

ただし、新三が訪れると、下女はお波に小遣《こづか》いをもらって、どこかへ遊びに出てしてしまうのだが。

「何も、あたしは、お前さんの昔を、詮索《せんさく》しようっていうのじゃないよ。ただ……独身《ひとりみ》だという話だけど、国許《くにもと》に、奥様か誰かが残ってるんじゃないかと思って……それが気になってさあ」

「誰もいませんよ、誰も……」

そう言った新三の切れ長の目に、一瞬、物凄い光が宿ったが、すぐに消えた。

「ふうん。でも、そんなに男前なんだから……」

「おっと、動いちゃいけません。これが仕上げの、大事なところですから」

銀の簪《かんざし》を一本、前髪にさし、象牙《ぞうげ》の蒔絵櫛《まきえぐし》を髷《まげ》の前にさして、ようやく〈燈《とう》籠鬢《ろうびん》〉が完成した。

黒漆塗りの鏡台《きょうだい》を覗《のぞ》きこんだお波は、

「あら、綺麗《きれい》っ……やっぱり、新三さんじゃなきゃ、駄目ね」

「どうも――」

軽く頭を下げた新三は、正座して、片付けを始めた。

髷を結うのには、鬢付け油を大量に使うから、端布《はぎれ》で梳櫛《すきぐし》や髷棒を丁寧に拭きながら、台箱の引き出しにしまってゆく。

振り向いたお波は、彼の膝にすがりつき、

「ねえ、新三さん……」

「いけませんよ、お波さん。着物が汚れますよ」

やんわりと女を押しのけると、新三は、手早く前垂れをたたんで、台箱にしまった。襷も外す。

お波は、今度は、彼の広い背中におおいかぶさるようにして、

「お願い、この前みたいに……ね？　愚図愚図《ぐずぐず》してたら、お常が戻ってきちゃう」

熱い吐息とともに、耳元に囁《ささや》きかけた。

そうしながら、紙包みを広袖の袂《たもと》へ、すべりこませる。

それを、掌《てのひら》で計《はか》った新三は、すさんだ嗤《わら》いを片頬に浮かべて、

「抱いてほしいのか、お波」

「うん……いっぱい可愛がってぇ」

甘ったるい声で言いながら、お波は前にまわって、男の首にすがりつこうとした。

「待て、折角《せっかく》の髷が崩れる。腹這《はらば》いになって、臀《しり》を高くかかげるのだ」

新三は、武士言葉で命じる。

「はい、はいっ」

女は嬉しそうに、その命に従う。

枕を持って来て、それに顎《あご》を乗せると、犬這いになって臀を持ち上げた。

新三は、女の小袖の裾《すそ》をまくり上げた。

緋色《ひいろ》の肌襦袢《はだじゅばん》だけでなく、深紅《しんく》の下裳《したも》までも無造作にまくり上げる。

肉づきのよい臀が、剝《む》き出しになった。

秘めやかな部分は、すでに濡れて光っている。

「お願い……新三様ァ……」

露骨な仕草で求めるお波を、新三は意志の力で怒張させたもので、荒々しく刺し貫いた……。

二

その夜、浅草橋近くにある居酒屋〈鶴八《つるはち》〉——新三は、隅の卓で酒を飲んでいた。

肴《さかな》は、鰊《にしん》の照り焼きだ。台箱は、そばに置いてある。

手酌《てじゃく》の杯《さかずき》を口に運ぶ新三の横顔には、店の女も近づきかねているほど、昏《くら》い孤独の翳《かげ》が宿っていた。

「それにしても、六道組《りくどうぐみ》って盗人《ぬすっと》は残忍な奴らじゃねえか」

「おう。十日ほど前にも、新橋の油問屋が襲われて、盗まれた金が千七百両。家族から奉公人《ほうこうにん》まで、ざっと十一人を皆殺しにしたというぜ」

近くの卓で飲んでいる二人組の職人が、酔いがまわっているのか、声高《こわだか》に話しあっている。

「うむ。三つの子供まで斬り殺したそうだ。血も涙もねえ外道《げどう》どもだな」

「去年の暮れに、日本橋の富士屋《ふじや》が手始めで、もう、かれこれ十軒ばかり襲われてるぜ。盗まれた金の合計は一万両をこえてるし、殺されたのも七十人じゃきかねえや」

「しかも、現場の襖《ふすま》に残してゆく〈六道組〉の血文字……厭《いや》なことをしやがる」

「俺は前から不思議に思ってたんだが、六道組の六道って何だ」

「あれまァ。学のねえ奴は、これだから困る——。いいか、人間は死んだら、地《ぢ》獄道《ごくどう》・餓鬼道《がきどう》・畜生道《ちくしょうどう》・修羅道《しゅらどう》・人間道《にんげんどう》・天上道《てんじょうどう》ってのを、ぐるぐる廻らなきゃいけねえんだ。これを足《た》して、六道っていうのさ」

「さすが、兄貴だっ」

「へへへ。本当は、講釈師の受け売りだ。それにしても、役人や岡《おか》っ引《ぴき》は、だらしがねえな。普段は、威張《いば》りくさってるくせに、六道組の尻尾《しっぽ》も見つけられねえんだから」

「あ、兄貴ィ……」

急に酔いの醒めた顔で、弟分が、相手の袖を引いた。

はっと振り向いた兄貴分も、あわてて顔を伏せる。

その男は足音も立てずに、いつの間にか、店の中に入っていた。

狸《たぬき》の置物みたいに、でっぷりと太った三十男で、糸のように細い目をしている。

黒の川並《かわなみ》を穿《は》いて、唐桟縞《とうざんじま》の裾を臀《しり》っ端折《ぱしょ》りにしていた。全身から、堅気《かたぎ》ではない独特の雰囲気が漂っている。

店の女が声をかけるよりも早く、肥満体の男は、隅の卓にいた新三の方へ来て、

「髪結の新三さんてのは……お前さんかね」

新三は、杯に目を落としたまま無愛想な声で、

「右手を懐《ふところ》に入れたまま近づいてくるような剣呑《けんのん》な奴に、知り合いはいないよ」

「おっと、こいつはすまねえ」

男は苦笑すると、用心深く、ゆっくりと手を懐から出した。

「俺ァ、お上《かみ》の十手《じって》を預かっている新乗物町《しんのりものちょう》の弥太五郎《やたごろう》ってものだ。ちょいと、そこまで顔をかしてもらいたい」

「――いいだろう」

代金を卓に置くと、新三は右手に台箱を下げて、店の外へ出た。

例の二人組は、鶏のように首を伸ばして、新三と弥太五郎を見送った。

目の前に、神田川が流れている。右手にあるのが浅草橋で、対岸に浅草門が見えた。

川の畔《ほとり》に常夜燈が立っていて、その脇に柳の木がある。秋の夜風が、首筋に薄ら寒い。

弥太五郎は、木製の常夜燈を背にして、柳の下に立った。新三は、自然と、常夜燈の方を向いて立つことになる。

鶴八の脇の路地に、若い男が、さりげなく佇《たたず》んでいた。弥太五郎の乾分《こぶん》だろう。

他に伏兵はいないようだ。

「名は、鷹見新三郎《たかみしんざぶろう》。駿州《すんしゅう》牢人で、住居《すまい》は天王町《てんのうちょう》で、独《ひと》り暮らし。稼業は廻り髪結。──間違いねえな」

「まあね」

「今日、お前さんは、人形町のお波って女の家へ行っただろう」

逆光になった弥太五郎の表情は、読み取りにくい。

「行ったよ。親分が言った通り、髪結が私の稼業だからね」

「稼業は、髪結だけかい。女を蕩《たら》すのも、芸の内じゃねえのか」

「これは間男《まおとこ》の詮議《せんぎ》なのか」

新三は苦笑した。

「親分は、ずいぶんと物好きなことだね。旦那の目を盗んで浮気をしている妾《めかけ》など、この江戸に、何百人といますよ」

「──お波は死んだぜ」

弥太五郎は、いきなり、ぐさりと突き刺すように言った。

「下女のお常と一緒に、斬り殺されてた。得物《えもの》は、大刀《だいとう》じゃなくて脇差だろうって、お役人の見立てさ。お波は斬られる前、たっぷりと姦《や》られてた」

「…………」

「殺しがあったのは、たぶん今日の夕方……お前さんが、その頃、お波の家から出てきたのを見た者がいる」

岡っ引の声は、次第に、緊張の色を濃くしてゆく。

「お前さんの腰の脇差……まさか、竹光《たけみつ》じゃあるまい？」

その瞬間、新三は腰を沈めつつ、右手の台箱を地面に置いた。

弥太五郎は、さっと右手を懐に入れる。無駄のない見事な動きであった。

が、彼の手が懐から出るよりも早く――常夜燈の灯りに銀蛇《ぎんだ》が閃《ひらめ》いて、柳の小枝が切断された。

そして、脇差の切っ先が、弥太五郎の鼻先に突きつけられる。

「う……」

肥満体の岡っ引は、動けなくなった。

路地から飛び出した若い男も、二人の方へ駆けよる途中で、動けなくなる。

「竹光ではないが……」と新三。

「今日の夕方に女を二人も斬ったのなら、いかに丁寧に拭《ぬぐ》おうとも、この刃《やいば》に脂《あぶら》が残っているはずだ。研ぎ直しをした形跡もないはず。――じっくりと見るがいい」

切っ先の向きを逆にすると、新三は、柄頭《つかがしら》を弥太五郎の方へ向けた。

肥満体の岡っ引は、十手を握った右手を懐から抜き出すと、左手で脇差を受け取った。その手は、わずかに震えている。

「おいっ、源七。何を、そんな所で突っ立ってやんでえ！　案山子《かかし》か、てめえはっ」

「へ、へい……」

親分に八つ当たりされた源七は、戸惑《とまど》いながら鬢のあたりを掻《か》いた。

「なるほど……この刀は使っちゃいねえ。どうも、ご無礼しました」

頭を下げて、弥太五郎は丁重に脇差を返してよこした。

「さっきの居合《いあい》は凄かったね、新三の旦那。抜く手が見えなかったよ」

口調を変えて、弥太五郎は言った。

石仏のように無表情だった顔に、人間らしい色が現れている。

「俺も商売柄、凄腕の牢人はかなり見てきたが、旦那ほど迅《はや》い人は、初めてだ」

「無尽流抜刀術《むじんりゅうばっとうじゅつ》……昔取った杵柄《きねづか》というやつだ。今では、そこらの大道芸《だいどうげい》とかわらん」

自嘲気味《じちょうぎみ》に言って、新三は納刀《のうとう》する。

「たしかに、私は、お波を抱いた。だが、手籠《てごめ》にしたわけではない」

「まあ、旦那のような男前に、髪をいじられたら……大抵の女は、おかしな気分になるだろうよ」

「その痕跡《あと》を、旦那に見つかったのかも知れんな」

「で、嫉妬のあまり斬り殺した……ってか。ついでに、下女も？」

弥太五郎の糸のように細い目が、興味深げに開いた。

「お波の旦那はわかってるのか」

「お武家《ぶけ》だということはね。だが、いつも笠で顔を隠していたんで、近所の者は、顔を見てねえんだ。でも、身形《みなり》は悪くなかったというから……大きな声じゃ言えないが、ご大身《たいしん》の旗本《はたもと》じゃねえかな」

「下女のお常なら、さすがに知ってるだろう。だから、斬ったのだ」

「すると……下手人《げしゅにん》は、お波の旦那……」

「弥太五郎親分――」

新三は言った。

「今から、現場を見せてもらえるかね」

三

ひどい惨状であった。

新三が、髪を結ってやった座敷の奥が、寝間《ねま》になっている。

その寝間の夜具の上で、お波が血まみれで俯《うつぶ》せに倒れていた。全裸だ。

左肩から右の腰まで、背中を斜めに斬り裂かれているが、致命傷となったのは、背中の左側の突き傷だろう。

「下手人は、背後から抜き打ちでお波に斬りつけ、倒れたところを馬乗りになって、心《しん》の臓《ぞう》を刺し貫いたというわけか……」

新三が呟くと、岡っ引の弥太五郎もうなずいて、

「検屍《けんし》のお役人も、同じ見立てでさあ」

横向きになったお波の顔は、恐怖に醜く歪《ゆが》んだまま固まっていた。

右手は、畳を掻き毟《むし》っている。髷も崩れていた。

腰をわずかにねじった姿勢で、臀の割れ目の下の花園は、ぽっかりと口を開いていた。

その奥から、とろりと透明な液体が流れ出ている。新三が、それを見つめると、

「男の精ですよ。旦那のじゃねえんで?」

「いや。ちゃんと後始末をしたし、私が出る時には、お波は腰湯《こしゆ》の支度をしていた。これは下手人の……たぶん、旦那のものだろう」

「旦那以外にも、その……間男がいたのかも知れねえ」

「ありえぬことではないが、同じ日に、ほとんど間を置かずに、二人の間男を引きこむというのは、どうかな。好色ではあったが、お波は、それほどの淫乱女ではないと思うが」

「ふうむ」

「わざわざ夜具を敷いて裸になっていたのだから、盗人や押しこみの類《たぐい》ではあるまい。やはり、相手は旦那と考えるのが自然だ」

そう言いながら、新三は勝手口の方へ、向かった。

土間《どま》に、お常が仰向《あおむ》けに倒れていた。左足が、上《あ》がり框《かまち》に乗っている。

左肩から腹の真ん中まで、深々と断《た》ち割《わ》られている。まだ、ふくらみきっていない乳房まで、斜めに割られていた。

なぜか、顔は眠っているように穏やかである。それが、わずかに救いだった。

寝間の惨劇を見て、恐怖のため竦《すく》んでしまった娘を、下手人は正面から斬り殺したのだ。

お常は、まだ十代半ばだったはずである。

人生の歓《よろこ》びを十分に知らない内に、無惨《むざん》に命を奪われたのだ。

「親分」

新三は言った。

「正式な女房でも、金で買った妾でも、女が間男を作ったら、夫たる者は二人を斬り殺してもお咎《とが》めなし――そうだったな」

「へい。お武家でも町人でも、不義密通《ふぎみっつう》の女房は成敗《せいばい》してもいいことに、なっておりやす。ただし……それは、女房と間男だけの話で、関わりもねえ下女まで手にかけたら、これは、ただの人殺しでさあ」

弥太五郎も、殺しの酷《むご》さに、怒りを感じているようであった。

新三は、座敷へ戻って、もう一度、現場を見まわす。

「いつも、死骸を現場に転がしたままにしておくのかね」

「仕立て物を頼まれていた近所の婆さんが、これを見つけた時には、もう暗くなってたんでね。明日、明るくなってから、もう一度、じっくりと現場を調べるつもりで」

「すると……ここは、ほとんど手付かずなのだな」

「へい。……それが何か？」

肥満体の岡っ引が、不審そうに見ると、

「この鏡台も、触れてはおらんな」

「へい。誰もその鏡台を、いじっちゃいませんぜ」

鏡台の上には、象牙製の菊を描いた蒔絵櫛が乗っていた。新三は、鏡台の引き出しを全部、開けて中を見る。

それから、自分の台箱の一番下の引き出しから、矢立《やたて》と半紙《はんし》を取り出して、さらさらと絵を描いた。その絵を、弥太五郎に渡す。

「何です、簪の絵なんか……上手《じょうず》だが」

「今日、お波の髪に差してやった銀の簪だ。その葡萄《ぶどう》の房の飾りの部分が、金になっている」

「この簪、なくなっているようですな」

「そうだ」と新三。

「金目のものを取ってゆくなら、あの象牙の櫛の方がよほど値打ち物のはずだ。

だが下手人は、この簪だけを奪っていった……」

「わかった！」

弥太五郎は手を叩いた。

「つまり、その簪は、下手人が自分でお波に買ってやった物ですねっ」

「私も、そう思う。こまめに小間物屋《こまもの や》をあたれば、買った者を覚えているかも知れない。たしか……先々月の半《なか》ばから、お波はこれを使っていたよ」

「ありがてえっ、おい、源七！」

弥太五郎は、新三の絵を乾分に渡して、きびきびと指図をする。

「さすがだね、旦那。髪結を商売にしてるだけある。俺は、まるで気づかなかったよ」

「これで、私の疑いは晴れたか」

「それが……」

岡っ引は、目を伏せた。

「あっしは、もう、新三の旦那を疑っちゃおりませんが……北町同心《どうしん》の木島《きじま》様は、頑固で有名な人ですからね。本物の下手人を挙げない限り……旦那をしょっぴけと命じるでしょう」

「……」

「今は六道組で忙しいから、すぐにとは言わないでしょうが……まあ、十日くらいの間に下手人を見つけねえと」

「わかった」

新三は、苦い笑いを浮かべた。

「どうやら、私も自分で、下手人を捜さんといかんようだな」

四

それから、六日が過ぎた。

「いけませんね、旦那」

新乗物町《しんのりものちょう》の弥太五郎――蔭《かげ》では〈糸目《いとめ》の親分〉と呼ばれている彼が、溜息《ためいき》をつく。

室町《むろまち》の蕎麦屋《そばや》に、新三たちはいた。

「どうも、お波の旦那というのが、見つかりません」

人形町の家は借家なのだが、今年の春、そこを借りたのは、お波自身だという。

普通なら、無職の若い女に一軒家を貸したりはしないのだが、半年分の家賃を前払いすると言われて、家主《やぬし》の長兵衛《ちょうべえ》は、あっさりと承知したのだそうだ。

ひょっとしたら長兵衛は、お波の肉体を狙っていたのかも知れない。

お波は、下女のお常を雇《やと》うのにも、口入《くちい》れ屋《や》を通さなかった。いつも料理を出前させていた仕出し屋の主人に頼んで、知り合いの娘を世話してもらったのだ。

「みんな、旦那って野郎の指図でしょう。自分は、徹底して顔を出さねえ気だ。まあ、身分のあるお武家が、女を囲う時には、用心深いものですがね。下手《へた》に用人《にん》なんぞに任せると、奥方《おくがた》に筒抜けになっちまう……」

新三に酌をしながら、弥太五郎は言う。

「今年の春に囲われたとして――その前には、お波は、どこにいたのかな。私には、何も話さなかったが」

「それも、調べました。妾になるくらいだから、水茶屋《みずぢゃや》の女だろうと当たりをつけて、乾分どもに廻らせたんですが……違いました」

弥太五郎は、糸のような目をさらに細くして、にやついた。

「源七が、聞きこみに聞きこみを重ねて、ようやく、見つけて来やがった。野郎にしては上出来《じょうでき》ですよ。旦那、どこで働いていたと思います？」

「焦《じ》らすな、親分」

「へ、へへ……数珠屋《じゅずや》ですよ」

「数珠屋……」

「岩倉町《いわくらちょう》に、〈砧屋《きぬたや》〉って店がありましてね。十六の時から、そこで、女中奉公してたんだそうです」

お波も今年で二十歳になったので、折角の器量良しなのだから、嫁入り先を世話してやろう——と砧屋の主人は考えていた。

ところが、藪入《やぶい》りの前の日に、突然、お波本人が「お暇《ひま》をいただきたい」と言い出したのだ。

そして、その日の内に、荷物をまとめて、出ていったのだという。

「その一月《ひとつき》くらい前から、お波は、どうも急に色っぽくなったらしい。ですが、相手の男は、誰も見ちゃいねえ。用事を見つけちゃ使いに出て、外で会ってたようですな」

「ずいぶんと用心深い……いや、用心深すぎるな……」

新三は、考えこむ表情になった。

「小間物屋の方も、はかばかしくありません。店を持たない小間物売りまで入れたら、江戸中に、どれだけの小間物屋があることやら……気が遠くなりそうですよ」

「私も、顔見知りの小間物屋には、簪の絵を渡して、頼んであるがね。ところで……町奉行所の同心殿は、どう言ってる？」

「早く、新三の旦那を引っくくってしまえ――ときつい催促でさあ。まだ、証拠が固まらないから――と逃げてますがね」

「そいつは申し訳ない」

「いえいえ……ただ、旦那が風をくらって逃げちまうのを、心配してるようで」

「逃げる……？」

新三の双眸《そうぼう》に、奇妙な光が生まれて、すぐに消えた。唇の端が引きつる。

「私のように罪深い男には……もう、逃げる場所などないよ」

「旦那、まさか……凶状持ちじゃありますまいね。もしかして、隠れ切支丹《キリシタン》とか……」

肥満体の岡っ引の顔が、蒼《あお》ざめた。

「心配するな。親分の縄にかかるような事ではない。ただ……おっと、酒が冷《さ》めたな」

新三が新しい酒を頼もうとすると、弥太五郎は、あわてて片手を振った。

「まだ、聞きこみの途中ですから」

「そうか。親分は六道組の件も、抱えていたのだったな。楽な商売ではない」

「そう言っていただくと……ですが、少しだけ手掛かりがあるんですよ。この前《でっ》、新橋の油問屋を襲った時に、賊の一人が、どこかに怪我をしたようなんです。丁稚《ち》か誰かが、死に物狂いで包丁を振りまわしたのが、当たったらしい。裏口から大通りまで、血の痕がありました。江戸中の岡っ引は、医者の聞きこみに精を出してますあ」

勘定は、新三が払おうとしたが、弥太五郎が、それはまずいという。たしかに、殺しの疑いをかけられている男に、酒を奢《おご》ってもらうというのは、誤解を招くだろう。

結局、割勘《わりかん》にして、二人は別れた。

新三は、酒の匂いを消すために、店でもらった一摘みの茶の葉を嚙《か》みながら、京橋川の方へ歩き出す。

と――角のところで、小声で言い争っている、駕籠《かご》掻《か》きと武家風の娘がいた。

供も連れずに一人歩きしているところを見ると、牢人の娘かも知れない。

「乗ると言った覚えはありません。そこを、どきなさい」

「なあ、娘さんよ。俺たちも、お江戸の駕籠掻きだ。いったんは乗る素振《そぶ》りを見せた客を、そのまま行かせたとあっちゃあ、面子《めんつ》が立たねえ」

中途半端《はんぱ》な筋彫《すじぼ》りをした腕を袖無し半纏《はんてん》からのぞかせて、先棒《さきぼう》らしい男が言う。

半纏の下は、腹巻と赤の下帯《したおび》だけという姿だ。

「帰りの空《から》駕籠だから、安くすると言ってるじゃねえか。おとなしく話してるうちに、言う通りにした方がいいぜ」

顎髭《あごひげ》を伸ばした後棒《あとぼう》が、娘の背後で凄んで見せた。

通行人たちは、見て見ぬふりである。

普段なら新三も、こんな連中とは関わらないが、清楚《せいそ》な武家娘を見て、放っておけなくなった。彼らの間に、割って入り、

「兄《あに》ィ。娘さんが困ってるじゃないか」

悪質な駕籠掻きどもは、目を剝いた。

「何だ、てめえはっ」

「一本差しの髪結なんぞの、出る幕じゃねえやっ」

「まあまあ、これで一杯やってくださいよ」

新三は、あくまで下手《したて》に出て、包み金を先棒の手に押しつける。それを受け取った先棒は、しかし、べっと唾《つば》を吐いて、

「こんなもので、俺たちの気が済むか。仲裁なら、そこに両手をついて頭を下げろ」

新三があまりにも男前なのに、二人は、反感を覚えたのだろう。

「……」

新三は、右手の台箱を地面に置いた。

「いけませんっ、このような無法者に土下座など！」

娘が、新三の袖をつかんだ。

新三は、彼女をそっと押しのけて——いきなり、先棒に張り手をくらわした。

「げっ」

脳震盪《のうしんとう》を起こしてふらつく先棒の右手を取ると、鮮やかに投げ飛ばす。

「てめえっ」

後棒が息杖《いきづえ》で殴りかかるのを、新三は軽くかわして、その足を払った。

「おわっ」

無様《ぶざま》に俯せに倒れたところへ、その脇腹の急所に、下駄《げた》の歯で蹴りこむ。

二人とも、完全に気絶してしまった。

「どうも、危ないところをお救いいただき、有難うございました」

娘は深々と頭を下げた。

「いえ。ご無事でなによりです」

顔を上げた娘の、恥じらいをこめた瞳が、新三の目と合った──その瞬間、

「もしや……新三郎様では？」

新三もまた、信じられないという風に、目を見開いていた。

「し……静香《しずか》殿か」

五

江戸幕府の二代将軍秀忠には、二人の息子があった。

長男の竹千代《たけちよ》と次男の国松《くにまつ》である。

実は、竹千代の前にも男児は生まれていたが、わずか二歳で病死したので、秀忠の嫡子《ちゃくし》は竹千代ということになる。

だから、三代将軍の座も彼に継がせようと、徳川家康《とくがわいえやす》も考えていた。

しかし――世間にはざらにあることだが、幼い時から、兄の竹千代よりも弟の国松の方が、何かと優秀であった。

国松は色白で可愛い。聡明で、体格も優《すぐ》れており、武芸の筋も良かった。何よりも、明るく鷹揚《おうよう》な性格で、家臣たちの人気を集めていた。

それに比べて、二歳年上の竹千代の方は、成長が遅く、容貌も劣っており、人見知りする病弱な子供だった。

普通なら、両親は、出来の悪い子供ほど不憫《ふびん》で可愛がるはずである。特に、女親ならば、余計にそうだろう。

ところが、竹千代にとって不幸なことに、二人の実母のお江与《えよ》の方《かた》は、そういう人並みの愛情を持ってはいなかった。

自分の器量を受け継いだ国松だけを溺愛《できあい》し、見劣りのする竹千代は顧《かえり》みなかった。

それを窘《たしな》める立場の秀忠が、これまた、歴史に残るような極度の恐妻家だったため、そんな妻の態度に追従《ついじゅう》する有様だ。

こうなると、家臣たちも奥女中たちも、将軍位の継承者は国松らしいと、弟の部屋ばかりに集まって、兄の竹千代の部屋には寄りつきもしない。

両親に疎《うと》んじられていると悟った竹千代は、発作的に脇差で自殺をはかった。

元和《げんな》元年――竹千代、十二歳の時である。

これに衝撃を受けたのは、竹千代の乳母・春日局《かすがのつぼね》だ。

春日局は、明智光秀《あけちみつひで》の家臣の娘である。

そして、お江与の方は、光秀に謀反《むほん》された織田信長《おだのぶなが》の姪にあたるのだから、この二人の反目《はんもく》の深さは、並大抵ではない。

春日局は、ひそかに駿州へ行くと、駿河《するが》城の家康に事態を説明し、竹千代の嫡子確定を懇願した。

が、家康は、「乳母のそなたが、口出しすべき問題ではない」と春日局を追い返した。

しかし、その年の十月――鷹狩りを理由にして江戸城を訪れた徳川家康は、竹千代に自分と同じ上段に並ぶことを許し、一緒に上がろうとした国松には、下段の間にとどまるよう命令した。

現将軍の秀忠を含めた周囲の者たちは、この一件で、大御所《おおごしょ》家康の意志を知った。

三代将軍候補としての竹千代の地位は、これで揺るぎないものになった——と春日局たちが安心したのも束《つか》の間《ま》、翌年四月に、何と家康が頓死《とんし》したのである。決着したはずの継承者問題は、その後も燻《くすぶ》り続け、水面下で両陣営の暗闘が繰り広げられた。

竹千代は元服《げんぷく》して家光と名を改め、国松は忠長《ただなが》となった。

そして、元和九年七月——秀忠から家光に、将軍位が譲られた。

三代将軍家光の誕生である。

忠長の方は、駿河・遠江《とおとうみ》・甲斐《かい》などに五十五万石を拝領し、従二位権大納言《じゅにいごんだいなごん》となった。いわゆる、〈駿河大納言《するがだいなごん》〉だ。

しかし、将軍の座についても、家光は安心できなかった。彼には、まだ嫡子がなく、本人も病弱であったから、家光にもしもの事があれば、次期将軍は忠長になってしまう。

現に、寛永六年、家光が疱瘡《ほうそう》にかかって一時、重態に陥った時には、忠長派に不穏な動きがあった。

三代将軍の重臣たちは、この忠長を、じわじわと政治的に追い詰《つ》めていった。

乱心して家臣や領民を理由もなく手討ちにしたとか、大井川に船を並べて浮橋を架《か》けたのは大逆不道の行《おこな》いだとか、百万石の加増を秀忠にせがんだとか、大坂城を所望《しょもう》したとか、とにかく手当たり次第に理由をつけて、駿河大納言忠長に蟄居《ちっきょ》を命じたのである。

さらに、寛永九年に前将軍秀忠が没すると、忠長は改易《かいえき》され、身柄を上野高崎《こうずけたかさき》城主の安藤右京進重長《あんどううきょうのしんしげなが》に預けられた。

家臣を一人だけ同行することを許され、女中たちと一緒に、領内の小さな屋敷に、幽閉されたのである。

そして――寛永十年十二月六日。

安藤家の家臣たちによって、忠長の居間の庭先に、竹矢来《たけやらい》が結いまわされた。

忠長が「どのような理由で、そんな真似をする」と直《じか》に問いただしたところ、作業の者たちは恐縮しながら、「これは、ご公儀《こうぎ》の命令で、手前どもは理由を知らされておりません」と返答した。

すると、忠長は障子《しょうじ》を閉じて、座敷の真ん中に座り、じっと考えこんだ。

その夜――忠長は切腹したのである。二十八歳であった。

ただ一人の家臣が、忠長の介錯《かいしゃく》をした。

その家臣が、十九歳の鷹見新三郎――つまり、髪結新三《かみゆいしんざ》なのだ。

そして、秋本静香《あきもと》は、当時の新三郎の許婚《いいなずけ》だったのである。

六

「それから五年……」

大川《おおかわ》の藍色の川面《かわも》を、猪牙船《ちょきぶね》が水黽《あめんぼ》のように滑っている。

甘味処《かんみどころ》の二階座敷から、新三の目は、それを、ぼんやりと追っていた。

「五年か……」

「あの……新三様、ずっと江戸に？」

静香が、小娘のように含羞《はにか》みながら訊く。

座敷へ入った時から、顔を伏せたままで、まともに新三を見られない様子であった。運ばれてきた菓子にも、手をつけていない。

甘味処と称してはいるが、店先の土間の方ならいざ知らず、座敷ともなれば、男女の密会の場なのである。静香が、それを知っているのかどうか……。

「いや」

新三は物憂《ものう》げに言った。

「江戸へ出てきたのは、一年ばかり前です。それまでは、あてもなく、関八州《かんはっしゅう》を流れ歩いておりました。色々と馬鹿なこともしましたが……江戸では、武士といえども職を持たねば、生きてゆけぬのでね。廻り髪結などをしております」

「ご苦労を、なさったのでございますね」

「なあに……駿府藩の者どもは誰もが、御家《おいえ》を失い禄《ろく》を失い、同じように苦労したはず。私だけではないでしょう」

静香の話では――彼女の父親は、忠長自害《じがい》の報を聞いて卒中《そっちゅう》を起こし、床についたままで二カ月後に死亡した。

それから、母親と兄と三人で親戚を頼って江戸へ出てきたが、苦労の連続であった。病《やまい》がちの母親は、昨年の夏に病死したという。

「庄九郎《しょうくろう》は……兄上は、お元気ですか」

「はい」

静香の顔が、少し明るくなった。

「昨年の秋から、麴町《こうじまち》の伊沢《いざわ》道場で師範代《しはんだい》を勤めております。おかげで、暮らし向きも楽になりました」

「ほう、それは良かった」

新三の表情も、柔らかくなる。

牢人の妹なのに、静香の装いが惨《みじ》めではないのは、そのためだったのかと安心した。

昨今では、牢人の娘が生活苦のために、豪商の妾になることも珍しくはない。

「秋本庄九郎といえば、駿府藩でも一刀流の遣《つか》い手《て》として知られた男……良い仕事を見つけられましたな」

「新三郎様も、無尽流抜刀術では最強と言われたお腕前ではございませんか。その剣技をもってすれば、仕官《しかん》の口もございましょう。何も、髪結などいたさずとも……お許しください。静香が悪うございました」

あわてて、静香は頭を下げた。

「いや、静香殿が詫びることはない。私は、主君の首を、この右手で落とした男……」

陰惨な口調で、新三は言う。その頬に、漣《さざなみ》のように細かい痙攣《けいれん》が走った。

「新三、お前の片手据物《すえもの》斬りならば、わしも楽に成仏できるであろう——と言って莞爾《かんじ》とされた殿の笑顔が……目の奥に焼きついて、どうしても消えぬ。その腕を売って仕官するなど……私には、出来ぬことだ」

「女の浅知恵でございました。ただ……兄がよく、新三は今ごろどうしているだろう、新三と共に仕官できたらと何度も申しますので、つい……」

「それは嬉しい。庄九郎がそう思っていてくれるだけで、嬉しいことです」

「この前など——半月ばかり前でしたか、兄が、道場で真剣の稽古をしておりました時のこと。新三郎様の太刀筋《たちすじ》ならば、こう……と懐かしく思い出しながら剣を振るっていたら、左腕に怪我をしてしまい……俺も粗忽者《そこつもの》よ、と苦笑しておりました」

「怪我を？」

新三郎は、静香の顔を見つめた。

「いいえ、大事はございませんの。今でも晒《さら》しは巻いていますが、もう、傷口もあらかた塞《ふさ》がりましたし」

「……大事に至らず、何よりです」

新三は目を伏せた。

「あの、新三郎様……」

静香は躊躇《ためら》いながら、訊いた。

「奥様は……」

「独りです、ずっと」

ほっとした静香は、羞《は》ずかしそうに、

「静香は十九でございますが、まだ……娘のままでございます」

耳たぶまで真っ赤になっている。

この時代――女性の適齢期は十代半ばであった。

原則として、十二歳以下を〈少女〉、十三歳から十八歳までを〈娘《むすめ》〉、十九歳以上の者を〈女〉という。二十歳で〈年増《としま》〉、二十代後半では〈大年増〉と呼ばれてしまう。

医学の未発達から乳幼児の死亡率が高く、また、平均寿命が、三十代半ばと言われるほど短かったため、なるべく早く結婚して、なるべく沢山の子供を作る必要があったのだ。

武家も町方《まちかた》も、男子は十五歳前後で元服――すなわち、成人式を迎える。現在の成人式が二十歳であるから、五年も早いことになる。

また、男子が商家《しょうか》へ就職する場合は、十歳前後で丁稚奉公を始めて、不向きだと判断された者は、元服前に解雇《かいこ》され、国許へ帰されてしまう。

子守の少女は十歳前から雇われていたし、十歳前後の少年少女が親の仕事を手伝ったり、家計の足しに蜆《しじみ》売りをしたりするのは、ごく当たり前のことであった。

吉原遊郭《よしわらゆうかく》の遊女は十三、四歳で客をとった。岡場所《おかばしょ》の女や宿場女郎《しゅくばじょろう》も、似たようなものであった。

庶民ばかりが、こうだったわけではない。現将軍・家光の姉である珠姫《たま》は、三歳で加賀藩藩主・前田利常《まえだとしつね》に嫁《とつ》ぎ、十五歳にして初子を出産している。田村清顕《たむらきよあき》の娘の愛姫《めご》は、十一歳で伊達藤次郎政宗《だてとうじろうまさむね》に嫁いだ。新郎の政宗は、二年前に元服して十三歳であった。

さらに、太田道灌《おおたどうかん》の子孫と言われるお梶《かじ》の方《かた》は、十三歳で徳川家康の側室になった。

また、農村や漁村では、代官所や郡奉行所の役人たちが、労働力確保の観点から積極的に早婚を奨励《しょうれい》した。夜這《よば》いなどの性的放縦が取り締まりの対象にならなかったのは、このためである。

このような点から考えて、この時代に生きる人々の行いや心情を理解するためには、彼らの実年齢に、五歳から十歳は上乗せする必要があるだろう。

したがって――十九歳の静香は、現代の年齢に直すと二十四歳から二十九歳くらいということになる。

なお、〈娘〉は〈未通女〉とも表記し、これは読んで字のごとく〈処女〉の意味である。それで、静香は顔を紅潮させたのであった。

その清純な美貌は、昔のまま――いや、昔以上であった。新三は、眩《まぶ》しそうにかつての婚約者を見て、ふっ……と目を逸《そ》らせた。

「私の……この鷹見新三郎の手は、主君の血で汚れております。妻を娶り子を作る……そんな幸福な暮らしは、許されておりません」

「わ……わたくしがっ」

静香は膝行《しっこう》すると、新三の肩に、ひしとすがりついた。必死の眼差《まなざ》しで見上げて、

「わたくしのこの軀《からだ》で、新三郎様を浄《きよ》めてさしあげますっ」

「静香殿……！」

冷えきった無頼《ぶらい》の男の心の奥底で、何かが熱く弾《はじ》けた。

新三は、静香を抱きしめると、その紅唇《こうしん》を奪った。貪《むさぼ》るように吸い、相手の口腔に舌を差し入れる。

静香もまた、激情に身をゆだねて、積極的に舌を絡《から》めてきた。互いの口の中を、舌が行き来する。

男の手が帯を解こうとすると、腰を浮かせて協力した。生娘《きむすめ》のままだが、さすがに十九歳ともなると、男女の行為について、無知ではないのだ。

下級武士の娘の結婚年齢は、庶民のそれよりも遅かったが、それは主として経済的な理由のためだった。生活が苦しくて、娘を嫁入りさせようにも、その余裕がない者が多かったのだ。

「ああ……」

全裸に剝かれた静香は、両手で顔をおおってしまう。昼間の明るさの中で、十九歳の処女の白い肢体は、まばゆいほどの美しさであった。

新三が神聖な花園に唇を押し当てると、

「そ、そんな……」

静香は、全身をわななかせた。

自暴自棄になっていた流浪の時代に、新三は、女体を扱う術《すべ》も達人の域に達していた。

静香の肉体の緊張をほぐしながら、ゆるゆると、その官能の炎をかき立ててゆく。

やがて――紅色《べに》の唇がめくれ上がって、糸のように細く歔欷《きょき》の声が洩れる静香の下肢を押し広げると、全裸の新三は軀を重ねた。

「――っ！」

五年もの間、想い続けていた愛《いと》しい男性に、女にされた静香の目から、真珠のような涙の粒がこぼれ落ちた……。

七

秋本庄九郎の手紙が、天王町の新三の家へ届けられたのは、翌日の夕刻であった。

お主との再会を祝するため道場で酒宴をはることにした、ご足労ながら麴町の井沢道場までお越しいただきたい――という内容である。

「……」

手紙を閉じると、新三は端座《たんざ》したまま目を閉じて考えこむ。塀の外を、蝙蝠《こうもり》を追っかける子供たちの叫声が通り過ぎていった。

新三は目を開くと、文机《ふづくえ》で手紙を書いた。

庭下駄を履いて表へ出る。通りで甘酒売りをからかっていた近所のごろつきに声をかけ、手紙と何枚かの銭を渡した。ごろつきは、米搗《こめつ》き飛蝗《ばった》のように何度も頭を下げる。

それから新三は、勝手口で髭を剃《そ》った。髷も結いなおす。

そして、奥の座敷へ行き、全裸になった。

引き締まった素晴らしい肉体である。

真新しい下帯や肌襦袢を身につけ、鉄色の小袖を着て帯を締める。

それから脇差だけを帯に落とすと、素足に草履《ぞうり》を引っかけて、外へ出た。

すでに、陽は落ちて真っ暗になっている。

浅草橋の袂で舟を拾おうとしたが、思いなおして、橋を渡った。

右手に神田川を見ながら、ゆっくりと柳原土堤《やなぎはらどて》を歩く。

柳の下で客待ちをしている夜鷹《よたか》たちは、新三の肩口から、陽炎《かげろう》のように立ちのぼる殺気に怯《おび》えて、声をかけることが出来ない。

相生橋《あいおいばし》の前をすぎて、淡路坂《あわじざか》を登る。

坂の少し先の右手には、太田姫稲荷《おおたひめいなり》があった。その社《やしろ》の方から、大柄な影法師《かげぼうし》がひとつ、ふらりと道へ出てくる。

新三は足を止めた。他に人影はない。

「──庄九郎、久しいな」

影法師は、小粋《こいき》な銀杏髷《いちょうまげ》を結い、袴《はかま》をつけた秋本庄九郎であった。袴の股立《ももだ》ちをとり、襷掛けまでしている。

「新三郎……皮肉な出逢《であ》いになって、俺も残念だよ」

庄九郎の顔には、脂汗《あぶらあせ》がにじみ出ていた。

「油問屋の丁稚に斬りつけられた腕の傷は、もう、いいのか」

「やはり、察していたか。静香が口をすべらせたと聞いて、覚悟はしていたのだが……」

武骨な顔に、苦しそうな色が浮かぶ。

「凶状持ちになりかけた俺が、こんなことを言うのもおかしいが……武士たる者が、何故《なにゆえ》に盗人にまで身を堕《お》としたのだ。しかも、謹厳実直で知られたお主が」

「新三郎、貧乏というのは辛《つら》いものだ。俺は、江戸へ出て来て、それを嫌というほど思い知らされたよ。母の薬代を払うために、妹の静香を女郎に売る直前に、俺は井沢道場の井沢先生と知り合った。先生以下、門弟の四人も皆、似たような境遇の牢人だった。そして……後は、言わずとも、わかっておろう」

「俺を道場に誘《おび》き寄《よ》せて、六人がかりで斬るつもりだったか」

「その手筈《てはず》だった。だが……斬るなら、俺一人の手で斬りたい。そう思って、ここで待っていたのだ」

「俺が、舟を使うとは思わなかったのか」

「いや……」

庄九郎は微笑した。

「道場へ来る途中に、襲われたら身動きのとれない舟などに、乗るはずがない。お主は、昔から、そういう男だった」

「俺も変わったよ……お主と同じようにな」

新三の声は、氷のように冷たかった。

「しかし、宿縁というやつかな。俺が囲っていた女の家に、お前が髪結として訪れるとは……」

「お波を斬ったのは、やはり、お前か」

静香に、庄九郎の腕の傷の話を聞いて、新三は、すぐに思い当たったのである。情交の後に、お波は腕の傷のことを何気なく聞いたのだろう。が、正体を知られたと勘違いした庄九郎は、逆上して、お波ばかりか下女のお常までも斬り殺してしまったのだ。

「昨年の十二月の初め、砧屋へ行って、路地裏から出てきたお波を見初《みそ》めた。女に惚《ほ》れたのは、生まれて初めてだった……」

「……」

「信じてもらえぬかも知れんが、砧屋へ新しい数珠を買いにいったのは、高崎の大信寺《だいしんじ》へ殿の墓参りに行こうと思ってのこと。まだ……行ってはおらぬが」

「三つの子供まで斬った外道に墓参りされては、殿も浮かばれまいて」

「あれは俺ではないっ！」

吠《ほ》えるように叫んで、すぐに庄九郎は、歪んだ嗤いを浮かべた。

「……同じことだな。なあ、新三郎。俺たちの仲間にならぬか。お主の腕前なら、皆も承知するはずだ。六道組ならぬ七賢人《しちけんじん》というのも、一興《いっきょう》ではないか」

「俺は無頼だが、外道ではない。お常までも斬って捨てた秋本庄九郎が……許せんっ」

「やるか……」

秋本庄九郎は、腰を落とし気味にして、大刀の鯉口《こいぐち》を切った。

「お主の居合が迅いのは、わかっている。だがな……あれから俺も居合の稽古を重ねた。今では……おそらく、俺の方が迅いぞ。先日、例の簪を買った小間物売りを斬り捨てた時も、満足のいく迅さであった」

「……」

新三も、脇差の鯉口を切って、じりじりと間合《まあい》を詰めてゆく。

「お主ほどの忠臣が……なぜ、殿の後を追わなかったのだ。命が惜しくなったのか」

「殿は、追《お》い腹《ばら》は許さぬとおっしゃった……自分の代わりに生きのびろ……そうおっしゃったのだ」

大刀の間合に入った。

新三は、脇差の鞘《さや》を逆向きにした。

庄九郎の右手が、大刀の柄へ飛ぶ。

だが、同時に――大きく踏みこみながら、新三は、左の逆手《さかて》で脇差を抜いていた。

右手を左腰へ運んで長い大刀を抜き放つよりも、左手で短い脇差を抜く方が、明らかに迅い。

新三の抜いた脇差は、三日月のような弧《こ》を描いて、相手の右腕に走った。

「おおっ」

驚愕《きょうがく》した庄九郎の右手が、乾いた土の上に落ちて、手首の切断面から、迸《ほとばし》った血潮が、それに降りそそいだ。

もがくように、左手で大刀を抜こうとする庄九郎の脇腹を、新三は、すれ違いざまに断ち割った。血と腸《はらわた》を周囲に、ぶち撒《ま》けながら、庄九郎は俯せに倒れる。

「い、今の業《わざ》は……」

瀕死《ひんし》の庄九郎は問う。

「三日月斬《みかづきぎ》り。俺は、この右手で殿の首を落とした。だから、生涯……右手で人を斬るまいと誓ったのだ」

「そんな業を会得《えとく》していたとは……」

「だから、昔の俺とは違うと言ったはずだ」

が、その言葉を、もう、庄九郎は聞くことが出来なかった。絶命していた。

新三は、懐紙《かいし》で刃を拭うと、納刀した。

夜空を見上げると、鎌《かま》のような三日月が浮かんでいる。

（今ごろは、俺の手紙を読んだ弥太五郎が、同心のところへ駆けこんで、井沢道場の捕物《とりもの》の用意をしているだろう）

親友の死骸に背を向けて、新三は、淡路坂を下ってゆく。

（庄九郎……お主はまだ、幸せかも知れん。俺などは……どこで死に果てるやら……）

孤独な男の背中に、三日月が青い光を投げかけていた。

事件ノ二　牢人狩《ろうにんが》り

一

「お助けを！　お武家様《ぶけ》、お助けくださいましっ」

走ってきた美しい町娘は、通りがかりの老武士にすがりついた。

寛永《かんえい》十五年の晩秋――上野《うえの》の山下、寛永寺の支院十一が並ぶ下寺通りである。

小柄な老武士は、自分よりも上背《うわぜい》のある娘にすがりつかれて、わずかによろめいた。

無紋の羽織《はおり》と袴《はかま》、それに菅笠《すげがさ》という格好で、猿の干物《ひもの》のような顔をしている。身分のある武士のようだが、供は連れていなかった。

「これこれ、娘。気安く、武士の軀《からだ》に手をかけてはならぬ。一体、どうしたのだ」

「無礼の段はお許しを……あ、あの人たちが、いきなり、私にいやらしい真似を……」

年齢は、十代後半であろう。

大店《おおだな》の娘なのか、身形《みなり》は悪くない。艶《つや》やかな黒髪を、桃割《ももわ》れに結っていた。

目鼻立ちがはっきりして勝気《かちき》そうな容貌の娘だが、今は震えながら、老武士に抱きついている。

ほのかに汗ばんだ若い肌の匂いと、袖《そで》に焚《た》きしめた香《こう》が、老人の鼻孔をくすぐった。

「何じゃ、あやつらか」

見ると、派手な柄の小袖を着た若者が二人、草履《ぞうり》を引きずるようなだらしない歩き方《かた》で、こちらへ近づいてきた。

路上には、他に人影はない。

二人のうち、小太りの方は槍持《やりも》ちの奴《やっこ》みたいに、揉《も》み上《あ》げを長く伸ばして口髭《ひげ》と繋《つな》げていた。

痩せた方は、月代《さかやき》を伸び放題《ほうだい》にして、髷《まげ》に珊瑚玉《さんごだま》の簪《かんざし》を差している。無論、女物だ。

まともな稼業を持たずに、遊び暮らしているごろつきに間違いない。

菅笠をとった老武士は、蛆虫《うじむし》でも見たかのように、不快そうに顔をしかめて、

「この昼日中に、将軍家のお膝元《ひざもと》たる江戸の街で、婦女子に狼藉《ろうぜき》を働くとは、何という醜態じゃ。本来ならば成敗《せいばい》して、刀の錆《さび》にしてくれるところだが、今度だけは堪《こら》えてやる。両名とも、そこに土下座して、この娘に詫びるがよいっ」

ぴしゃりと大喝《だいかつ》したつもりだったが、奴髭と簪髷は、へらへら嗤《わら》ったままだ。

「おい、お侍。寝言は寝て言えや」

「棺桶に片足突っこんだ爺《じじ》ィのくせに、若い娘の前で、いい格好しやがってよ」

「ぶ、無礼だぞ、町人！」

七十過ぎと見える老武士は、娘を背中へまわして庇《かば》うと、

「許さんっ、そこへなおれ！」

笠を捨てて、大刀《だいとう》の柄《つか》に手をかけた。

「へへっ、やれるもんならやってみなっ」

二人は肩を斜めに突き出して、挑発する。

「ほざきおったな！」

茹《ゆ》でた猿のように真っ赤な顔になって、老武士は抜刀した。

「抜きゃあがったなっ」

　ごろつきどもは、ぱっと素早く跳《と》び退《さ》がると、懐《ふところ》から袋を取り出す。

　中から摑《つか》み出したのは、小石だった。

「これでもくらえ！」

　三間《けん》――五・四メートルほどの距離をとって、二人は小石を老武士に投げつける。

　慣れているらしく、鮮やかな呼吸であった。

「うっ」

　腕や足に飛礫《つぶて》を受けて、老武士は呻《うめ》いた。

　いくら武士とはいえ、一個や二個ならばともかく、二人の敵から続けざまに投げつけられる飛礫をかわすには、いささか年を取りすぎている。

　いつの間にか、娘は、吉祥院《きっしょういん》の塀の方へ退がっていた。防戦一方の老人を見つめる目は、なぜか、ひどく冷たい。

「ひ、卑怯《ひきょう》……っ」

　つい堪《た》えきれずに、老武士は、その場に蹲《うずくま》った。右手に飛礫が命中すると、大刀も取り落としてしまう。

「それっ、今だ！」

ごろつきどもは、老武士に駆け寄ると、殴る蹴るのし放題だ。

「侍だの武士だのと威張《いば》りくさってっ」

「供も連れずに無紋の羽織とは、こっそり岡場所《おかばしょ》の女でも買ってやがったんだろっ」

「思い知ったか、くそ爺ィっ」

彼らの乱暴を、老武士に助けられたはずの娘は、薄笑いを浮かべて見物している。

が——その時、

「やめろ」

口跡《こうせき》の明瞭な低音で、二人を制止する声がかかった。

驚いて振《ふ》り向くと、塀の角から、右手に台箱を下げた男が出てきた。

大納言小紋《だいなごんこもん》の広袖に片襷《かただすき》をかけ、角帯《かくおび》を締めている。帯には、脇差《わきざし》を落としていた。

月代を伸ばして、右眉の上に髪が一房《ひとふさ》、垂《た》れている。長身痩軀《そうく》、色白の細面《ほそおもて》で、役者のような美貌の持ち主《もぬし》であった。

だが、その切れ長の両眼には、鋼《はがね》のように硬質の光が宿っている。

廻《まわ》り髪結《かみゆい》の牢人《ろうにん》、鷹見新三郎《たかみしんざぶろう》——通称を髪結新三《かみゆいしんざ》という。

「何だい、髪結か」

ごろつきどもは、ほっとしたような表情になった。

「寺に髪結はいらねえよ！　さっさと蔵前《くらまえ》へでも行って、商売しやがれっ」

吠《ほ》える若造を相手にせずに、新三は、台箱を左手に持ち替えると、無造作に娘の方へ近づいた。

「な、何さ……」

娘は、怯《おび》えと虚勢が入りまじった顔で、相手を睨みつけた。

「救いを求める振りをして、あの老人の懐から掏《す》ったものを、返してもらおうか」

「おかしな因縁《いんねん》をつけるんじゃないよっ」

目を吊り上げて山猫のように喰《く》ってかかった時、新三の左腰から銀光が走った。

脇差が鞘《さや》から抜かれるのを、誰も見ることはできなかった。

鍔音《つばおと》がして脇差が鞘に戻るのと同時に、娘の足元に、男物の財布が落ちる。

新三は、それを拾い上げると、ごろつきどもの方へ歩きだした。

「……？」

呆気《あっけ》にとられた娘が自分の懐に目をやった瞬間、帯や小袖が真っ二つに割れて、左右に開いた。

小さな乳房も白い腹部も、その下の秘めやかな部分も、何もかもが露出してしまう。

「あっ！」

悲鳴をあげて、娘は、両腕で胸を覆《おお》うと、その場にしゃがみこんだ。

その異様にして艶《えん》な光景に、二人のごろつきが目を奪われている間に新三は目の前に来ている。

「げっ」

袋の中の小石をつかむ暇《ひま》もなく、簪髭は、左の頬に物凄い平手打ちをくらって吹っ飛んだ。

「野郎！」

殴りかかろうとした奴髭は、脛《すね》を払われて、ひっくり返る。さらに、その顔面を下駄《げた》の先で蹴られ、鼻が潰《つぶ》れた。

ぶっ倒れた二人に構わず、新三は、老武士の前に腰を落とした。

「御老体《ごろうたい》、大事ありませんか」

「だ、誰が助太刀《すけだち》せよと頼んだ……」

噛《か》みしめた歯の間から絞りだすようにして、老武士が強がりを言う。

「頼まれはしませせなんだが、お困りのご様子だったので」

「それがお節介《せっかい》というもの……軍略の第一は、敵を引き寄せるだけ引き寄せておいて、しかるのちに、これを一気に迎撃する……わしの策も見抜けぬとは、情けない奴じゃ」

「ほほう。すると、御老体は、敵を引き寄せすぎたというわけですな」

この男には珍しく、新三は、唇に微笑を浮かべた。

「ええい、黙らっしゃい！　……うう」

無理に立ち上がろうとした老武士は、すとんと座りこんでしまう。

その時には、三人組の狂言強盗たちは、塀の所に一固まりになっていた。娘は、帯なしの着物の前を、両手で固く合わせている。

鼻血を流しながら、奴髭が小石を拾い、力いっぱい新三に投げつけた。

新三は、振り向きもしなかった。

左手の台箱を、ひょいと持ち上げる。

飛礫は、台箱の柄《え》の角に当たり、地面に落ちた。

それを見た三人は、あわてて逃げ出す。

「肩を貸しましょう。——どうです、立てますかな」

「むむ……何のこれしき。天正《てんしょう》三年長篠《ながしの》の合戦《かっせん》、十六の初陣《ういじん》、鳶《とび》の巣文殊山《すもんじゅやま》において、一番乗り一番槍をいたした時の苦労にくらぶれば……蚊に刺されたほども……うーん」

「鳶の巣文殊山……？」

「世話になったからには、名乗らざるをえまいのう」

ようやく立ち上がることが出来た老武士は、深々と溜息《ためいき》をついた。

「わしは旗本肝煎《はたもときもいり》、大久保彦左衛門《おおくぼひこざえもん》と申す」

二

徳川家康《とくがわいえやす》は、三河松平家《みかわまつだいらけ》の出である。

始祖は、清和源氏《せいわげんじ》の流れをくむという松平太郎左衛門尉親氏《まつだいらたろうざえもんのじょうちかうじ》。

二代目の泰親《やすちか》は額田《ぬかた》郡岩津《いわづ》に進出し、三代目の信光《のぶみつ》は、岡崎《おかざき》と安城《あんじょう》を掌中にした。

どの時期に家臣となったかによって、松平家の武士たちは、〈岩津譜代《ふだい》〉〈岡崎譜代〉〈安城譜代〉の三種に分けられる。これを、〈三河三譜代〉という。

大久保彦左衛門尉忠教《ただたか》の家は、この最古参の岩津譜代であった。

永禄《えいろく》三年に、松平の八代目の主・広忠《ひろただ》に仕えた大久保五郎左衛門忠員《ごろうざえもんただかず》の八男に生まれ、幼名を平助《へいすけ》という。

大久保平助は、松平広忠の子・元康《もとやす》に仕えた。この元康が、後《のち》の徳川家康である。

天正三年五月――三河国長篠で、武田勝頼《たけだかつより》と織田信長の軍勢が激突した。

十六歳の平助は、この初陣で見事に手柄《てがら》を立て、主君の家康のみならず、織田信長からも褒美をもらったほどである。

以来――上田《うえだ》城攻め、丸子《まるこ》城攻め、小田原《おだわら》城攻め、関ケ原《せきがはら》の合戦、大坂冬の陣、夏の陣……と出陣し、戦場往来の古強者《ふるつわもの》として、大久保彦左衛門は、その名を知られていた。

家康・秀忠《ひでただ》・家光《いえみつ》の徳川将軍三代に仕え、臨終間際の家康から〈生涯我儘勝手《しょうがいわがままかって》〉を許されているという、彦左衛門である。

大坂冬の陣の時には槍奉行となり、その後は、旗奉行、数寄屋橋見付番《すきやばしみつけばん》などを歴任し、七十九歳の今は、〈旗本肝煎〉という奇妙な役職にあった。

幕府の正式の職制には見当たらないもので、血気盛んな青年旗本たちの諫め役《いさやく》といったものらしい……。

「大体、お主が気短《きみじか》なのだ」

黒門町《くろもんちょう》の料理屋の奥座敷――髪結新三と酒を飲みながら、大久保彦左衛門は、なおも愚痴っていた。

「私が気短ですか」

「そうとも。あのごろつきどもに狼藉放題にさせておいてじゃな、疲れ切ったところを、一気に叩っ斬るつもりであったのだ、わしは」

そう言う彦左衛門の額や腕には、べたべたと膏薬《こうやく》が貼られ、さながら、膏薬の商品見本のような有様である。

「そこへお主が出しゃばるものだから、すっかり軍略が狂ってしまった。今後のこともある、気をつけさっしゃい」

「承《うけたまわ》りました」

新三は、老旗本の杯《さかずき》に清酒《すみざけ》を注いでやった。

肴《さかな》は、小鮒の煮びたしと鶏の山椒《さんしょう》焼きである。

「それにしても――」

彦左衛門は嘆息した。

「あんな美しい娘が、狂言強盗の仲間とは思わなんだ。驚いたものだ」

「御老体の軍略にも、ありませんでしたか」

「おいおい、あまり、年寄りをからかうものではないぞ」

彦左衛門は片手を振った。

「これは失礼。――あれは、〈荒稼《あらかせ》ぎ〉という手口ですな。囮役《おとりやく》の女が、小金を持っていそうな相手に救いを求めて、すがりつく。そこへ仲間の男たちが出て来て、相手がそれに気をとられているうちに、財布を抜いてしまうというわけです」

さらに、相手が強そうな武士だったら、そのまま三人とも逃げる。

そこそこの武士なら、小石をぶつけて、相手がひるんだ隙《すき》に逃げ出す。

弱そうな武士や町人が相手だと、石をぶつけて袋叩きにしてから、大小二刀はおろか、羽織や袴まで剝《は》ぎとって、丸裸にしてしまうそうだ。

いやしくも士分にあるものが、町人に追剝《おいは》ぎをされたとは口が裂けても言えないから事件は表沙汰にならない……。

「白昼の路上でか」

「夜ならば、誰でも用心深くなりますが、昼間はそれほどでもない。昼日中、人通りが途切れたころを見計《みはか》らって、奴らは、獲物を選ぶわけです」

「何とも、ひどいものだな」

危うく丸裸にされかかった彦左衛門は、熊《くま》の胆《い》を舐《な》めたような渋面《しぶづら》になる。

「まあ、今日の奴らは、おとなしい方でしょう。女の方が剃刀《かみそり》を持ち、相手が仲間の男たちに気をとられている隙に、足の筋を掻《か》っ切るというのもおるそうですから」

足の筋を切られると、被害者は動けなくなるから、強盗一味は、たやすく逃げられるというわけだ。

他には、路上で仲間同士で偽の喧嘩をし、仲裁する者があると、二人がかりで殴り倒して、金目のものを奪うという手口もある。

荒っぽい盗み――まさに荒稼ぎだ。

「嘆かわしいっ」

老旗本は頭を振る。

「天下六十余州を統《す》べる将軍家のおわすお膝元で、かような悪党どもが跋扈《ばっこ》するとは、町奉行所の者どもは、一体、何をいたしておるのじゃ」

「………」

町奉行所の役人たちは、出入りの旗本屋敷や大名家の者が起こした事件の揉み消しを行《おこな》い、その謝礼をもらうのに忙しいのだ――と新三は思ったが、口には出さなかった。

「大体だな。今の江戸には、牢人者が多すぎる。あやつらが街中を徘徊《はいかい》して治安を乱すから、町人どもまでが図《ず》にのって、さっきのような真似をしでかすのだ。牢人たちを……」

そこで、彦左衛門は、はっと口を閉じた。

自分を助けてくれた新三が、髪結を仮の生業《なりわい》とする牢人者だと気づいたのである。

「――好んで牢人になった者は、ほんの一握りでしょう」

新三は、怒りをまじえずに、むしろ淡々とした口調で言った。

「家康公が江戸幕府を開いて以来、どれだけの大名家がお取り潰しになったことか。関ケ原の合戦から大坂夏の陣まででずら、主家を失った武士は、四十万とも五十万とも言われるそうな。その中で、再仕官《しかん》がかなった者が、どれほどおりましょうや」

「むむ……」

「たとえ、取り潰しでなくても、改易《かいえき》や減封《げんぽう》のために牢人する者もおります。どこの大名家でも、内情は火の車ですから、よほどの伝手《つて》でもない限り、再仕官は難しい。――といって侍が腰から大小を捨ててしまえば、ただの木偶《でく》の坊《ぼう》ですからな。町人になって、何か商売を始めようにも、元手《もとで》がないという次第で」

「わかった、わかった。わしが軽率じゃった。これ、この通り」

大久保彦左衛門は、ぺこりと白髪頭を下げた。ひどい皮肉屋で毒舌家だが、なかなかに潔《いさぎよ》い人物と見える。

「三千石の大身《たいしん》のお旗本が、髪結風情《ふぜい》にそんな真似をなすってはいけません」

「勘弁してくれるか。よし、和解の杯じゃ。飲んでくれ――」

にっこりとして、彦左衛門は、銚釐《ちろり》の燗酒《かんざけ》を注いだ。

「ところで、お主は、駿州《すんしゅう》牢人と申したな。すると、大納言様の家来であったのか」

「……はい」

新三の顔から、急に表情が消える。

駿河大納言忠長――現将軍・家光の実弟であった。

その所業が家光の勘気《かんき》に触れ、寛永九年に改易、身柄は安藤右京進重長《あんどううきょうのしんしげなが》に預けられた。

翌年十二月――忠長は自害《じがい》して果てた。まだ、二十八歳であった。

「待てよ」

彦左衛門は、ふと手を止めた。

「大納言様ご自害の時に、ただ一人お側《そば》にあった家臣が介錯《かいしゃく》をしたと聞いたぞ。たしか、鷹見とか……お主！　その鷹見新三郎か」

老旗本の目が、いっぱいに開かれた。驚きのあまり、顔中の皺《しわ》が伸びたようになる。

二代将軍秀忠の時、徳川の重臣たちは、長男の家光派と次男の忠長派に真っ二つに分かれ、互いに足をひっぱりあった。

その家光派の巨頭の一人が、大久保彦左衛門だったのだ。

「御老体――馳走《ちそう》になりました。では、私はこれにて」

一礼して、新三は立ち上がった。

「し、新三……」

彦左衛門の声が聞こえなかったかのように、新三は、座敷を出た。

今さら、忠長追い落としを画策した家光派の者どもを、恨む気持ちはない。

しかし、彦左衛門に忠長のことを口にされるのは、やはり、遣《や》り切《き》れなかった。

許すことはできるが、忘れることはできないのである。

三

「おっ、これは新三の旦那」

数日後の午後――久松町《ひさまつちょう》の武具屋〈鳴神《なるかみ》〉から、髪結の仕事を終えた新三が出てくると、橘町《たちばなちょう》の方から走ってきた男が、つんのめるようにして立ち止まった。

「弥太五郎《やたごろう》親分か」

狸《たぬき》の置物みたいに、でっぷりと太ったその男は、新乗物町《しんのりものちょう》に住む岡《おか》っ引《ぴき》であった。

髪結新三とは、六道組《りくどうぐみ》事件で知り合い、今では親しく付き合っている。

「急いでいるようだが、何か事件かね」

「三俣《みつまた》の所に、ホトケが流れついたんですよ。どうやら、ご牢人らしいです」

「親分！　早く行かねえと、よその岡っ引に先をこされちまいますぜっ」

三間《さんけん》ほど先で、乾分《こぶん》の源七《げんしち》が、せわしなく足踏みをしていた。

岡っ引同士の仁義として、互いの縄張りを尊重はしている。だが、誰の縄張りであろうと、事件が発覚した時に、その場に居合わせた岡っ引に捜査の優先権がある――という不文律もあったのだ。

「親分、私も一緒に行こう」

被害者が牢人と聞いて、鷹見新三郎の表情は、ひどく厳しいものに変わっていた。

吉原遊郭《よしわらゆうかく》の東側を流れるのが、浜町堀《はまちょうぼり》。その浜町堀が大川《おおかわ》に注《そそ》ぎこむ辺《あた》りの沖に、葦《あし》の茂った中州《なかす》がある。

江戸湾へ流れこむ大川が運んできた土砂が、長年の間に、ここに堆積《たいせき》したのである。

これが、三俣だ。

川口橋《かわぐちばし》の袂《たもと》に着くと、弥太五郎は、すぐに源七に小船を用意させて、新三とともに乗りこむ。

源七が器用に、一町ほど漕ぎ進むと、中州に到着した。

葦の中から、ぱっと水鳥が飛び立った。晩秋の大川の中央は、さすがに風が冷たい。

江戸湊《みなと》側の、葦の根元が川の水に洗われる岸辺に、その死骸は、仰向《あおむ》けに倒れていた。

三十前後の、無精髭《ぶしょうひげ》を伸ばした男である。刀は差していないが、尾羽打《おばう》ち枯《か》らした牢人者といった身形だ。

額の真ん中に、ぽっかりと孔《あな》が開き、頭蓋骨の内部が虚《うろ》になっているのが見えた。血の汚れは、ほとんどない。顔の筋肉は弛緩《しかん》して、まるで微笑しているようであった。

胸元がはだけているが、財布や印籠《いんろう》などの所持品も見当たらなかった。履物《はきもの》はなく、継ぎのあたった足袋跣《たびはだし》だ。

顔面や手足に、細かい傷がある。

「こりゃあ、殺されて川に落ちたのが、満潮で流れついたんだな。川底でこすれた痕がある。大小は、重いから、川の中で落ちてしまったらしいが……」

そう言いながら、弥太五郎は、死骸の肌を指先で押して、弾力を確かめた。

「殺されたのは、昨日の深夜ってとこかな。現場は大川筋……いや、神田川やどこかの堀でもおかしくはねえ」

水の力というのは、想像以上に強く、川や海に落ちた死体は、着物が脱がされて丸裸になることも少なくない。刀の下緒《さげお》を帯に絡《から》めていても、簡単に解けてしまうのだ。

新三は屈《かが》みこんで、その死骸の足の裏を調べた。それから、両手を調べる。

「親分の見立て通りだ」

新三は言った。

「左足が右足より大きめだから、常に、左腰に重いものを差している証拠だ。それに、指に剣胼胝《けんだこ》がある。一通りの武術の修行をした者に、間違いない」

「どうも敵《かな》わねえな、旦那には。検屍《けんし》役人はだしなんだから」

弥太五郎は苦笑して、小鬢《こびん》を掻いた。

「この額の傷は何でしょう。鉄砲玉で、ぶち抜かれたみてえだが」

乾分の源七が、脇から訊《き》く。

「いや、これは槍だな」

「へえ……」

新三は、弥太五郎に断ってから、死骸の頭を動かして、後ろを見た。後頭部に、額のよりも小さめの孔が開いている。

「こりゃあ……槍の穂先が貫通したってわけですか」

その孔を見た弥太五郎が、眉をしかめる。

「それにしても、生きてる人間の額のど真ん中を貫くなんて、凄い腕前ですね」

「……槍様《だめ》しだな」

「槍様し？」

「刀に、様《ため》し斬《ぎ》りというのがあるだろう」

「ああ。科人《とがにん》の生き胴を斬ったり、死骸の胸斬りをしたりするあれですね」

「刀の斬れ味を確かめるのと同じように、槍の――この場合は突き味とでもいうのか、それを確かめるのが槍様しだ」

「………」

「人間の首を射垜《あずち》に埋めこんで固定し、顔面だけを露出する。その額を槍で突くのだが、槍穂が鈍《どん》であったり遣《つか》い手《て》の腕が悪いと、傷口が惨《むご》たらしく爆《は》ぜてしまう。このようにきれいな孔になり、しかも先端が後ろにまで突き出すのは、下手《げしゅ》人《にん》が、かなりの腕前である証拠だ。それに、親分が言った通り、生きている人間を真正面から一度で貫いたのだから……まず、達人だな」

「すると、下手人は……」

弥太五郎は難しい顔つきになった。

「牢人同士の喧嘩ということも考えられるが、江戸の街中で、槍を持ち歩いている牢人は少ない。だが、大名の家臣か旗本なら、槍持ちを連れていても、おかしくないな」

「お旗本……ですか」

急に川風が身にしみてきたのか、弥太五郎は、ぶるっと胴震いした。

「そいつはまずい。お旗本なら、お目付《めつけ》の縄張りだ。町奉行所の旦那ですら手が出ないし、まして、岡っ引風情は、屋敷の門の前に立っただけでも、無礼討《ぶれいう》ちされかねない」

「そういうものかな」

水辺で両手を洗ってから、新三は立ち上がった。

「あとは、ホトケの身元を調べて、遺族に引き渡すことだが……どうも、独身《ひとりみ》のようだ。投げこみ寺行きか」

「旦那」

弥太五郎が真剣な顔で訊いた。

「たとえば……たとえばですが、この下手人と旦那が立ち合ったら？」

「私の敗《ま》けだ」

髪結新三は、あっさりと答える。

「槍と脇差では、勝負にならんからな」

四

翌日の朝、天王町《てんのうちょう》の家で、新三が朝食を摂《と》っていると、ぼんやりした顔の中年男が、訪ねてきた。

男は、日本橋にある薬種問屋《やくしゅどんや》〈高津屋《たかつや》〉の手代《てだい》で、五兵衛《ごへえ》と名乗った。

本日の午後、跡取り娘のお涼《りょう》が同業者の次男坊と見合いをするので、髪を結ってもらいたい――という依頼である。

「では、高津屋さんへ伺えばいいのですね」

「いえ、お見合いは根岸《ねぎし》の寮で……あの、駕籠《かご》を用意してありますが」

「わかりました。しばらく、お待ちください」

支度をした新三は、家の前で待っていた駕籠に乗りこむ。

根岸までの一里──四キロほどの道程を、新三は駕籠の中で、じっと目を閉じていた。

上野の山の北側にある根岸は、多くの文人墨客《ぶんじんぼっかく》が愛《め》でてきた、風趣《ふうしゅ》のある土地である。

富裕な商人《あきんど》の別荘も多く、駕籠が止まったのは、下日暮里《しもにっぽり》に近い場所にある建物の裏木戸だった。

料金をもらった駕籠掻きが帰ってゆくと、五兵衛は裏木戸を開けて、新三を庭の方に案内した。

黒板塀に囲まれた広い寮は、静まりかえっている。あまり手入れのよくない中庭は、薄紅《うすべに》色の山茶花《さざんか》が咲いていた。

その中庭に面した座敷の障子《しょうじ》が、細目に開いている。五兵衛は、その隙間に向かって、

「お嬢さん、髪結さんをお連れしましたよ」

「はい、どうぞ」

座敷の中から、おっとりした声が返ってきた。

台箱を下げた新三は、沓脱ぎ石《くついし》に下駄を脱いで、廊下へ上がった。

膝立ちで、「失礼します」と声をかけてから、障子を開く。

華《はな》やかな振袖《ふりそで》姿の娘が、後ろ向きに座っていた。髪は桃割れにしている。

他には、女中も誰もいなかった。隅に手焙《てあぶ》りが置いてあるので、座敷の中は暖かい。

「この髪は少し子供っぽいから、上方風《かみがたふう》の落ち着いた髷に結ってくださいな」

こちらに背中を向けたままで、お涼は言った。前に丸鏡の鏡台《きょうだい》が置いてあるが、新三の見る角度からは、娘の顔が映っていない。

声の感じからして、十代後半であろう。

「はい。では――」

驕慢《きょうまん》な客には慣れている新三だから、娘の背後に座ると、右側に台箱を置いた。

それから、腰から脇差を鞘ごと抜き取ると、左側に、柄頭《つかがしら》を後ろ向きにして置く。

髪結は、虚無僧《こむそう》と同じように、江戸幕府から牢人にだけ許された臨時の職業である。

戦場では、武士が互いの髪を結い合うのが普通なので、自然と髪結の技術を習得した者が多かったからだ。

武士階級だけではなく、客の大半が町人相手の商売なのに、脇差を帯びたままなのは、髪結とは仮の渡世《とせい》であり、いつでも武士の身分に戻れるという無言の証拠なのである。

その武士の作法では、抜き打ちができないように、刀は自分の右側に置くものだ。

しかし、髪結の仕事をするためには、道具類をおさめた台箱が右側にないと困る。

かといって、脇差を帯びたままでは、仕事がやりにくい。それで、脇差は左側に後ろ向きに置くという習慣が、髪結の間に生まれたのだった。

お涼は、新三が脇差を置いたのを鏡で見ると、髷から簪を抜き取った。

そして、その簪を鏡台に置くようにしながら、丸鏡の縁《ふち》を、ちんっと叩いた。

その刹那《せつな》――左側の襖《ふすま》がさっと開いて、二人の男が飛び出してきた。

同時に、〈お涼〉は、振袖をひるがえして、座敷の隅へ逃げている。

「野郎っ」

「くたばれっ！」

大久保彦左衛門を襲った例のごろつきども——新三に鼻を蹴り潰された奴髭と首を曲げられた簪髷の、二人組であった。

奴髭は鼻に大きな膏薬を貼り、簪髷の方は、首に湿布を巻いている。二人とも血相《けっそう》を変え、匕首《あいくち》を構えていた。

完全に不意をついたので、脇差の向きを変えて刀を抜く暇《ま》はない——と思えた。が、新三の動きは、彼らの予想を越えたものであった。

左手で脇差の鞘を逆手《さかて》に握ると、片膝立ちの姿勢になって、奴髭の突きをかわしながら、彼の水月《すいげつ》に鞘の鐺《こじり》をぶちこむ。

「うげっ」

匕首を落としたそいつが、新三の上へ倒れようとするのを、右手で胸倉《むなぐら》をつかみ、簪髷の方へ突き飛ばした。

「わっ」

簪髷は、あわてて、匕首を持った右手を横へ向けようとした。が、間に合わずに、仲間の脾臓《ひぞう》を背中から貫いてしまう。

さらに、受け止めた勢いで、そのまま奴髭と一緒に、仰向けに倒れた。

急所を刺された奴髭の四肢《しし》が、断末魔《だんまつま》の痙攣《けいれん》を起こす。その軀を押し退《お の》けようとして、簪髷はもがいた。

が、その脇へ立った新三は、鞘に入ったままの脇差を、簪髷の眉間《みけん》に垂直に振り下ろした。

めきっと異様な音がして、脇差の柄頭が眉間にくいこみ、そこを陥没させる。

喉の奥から、踏み潰された蛙《かえる》のような濁った悲鳴をあげて、ごろつきは即死した。

新三の背後で、娘が動く気配があった。

振り向くと、娘が、奴髭の匕首の柄頭を帯にあてて固定し、軀ごとぶつかってくる。

無論――それは、大店の跡取り娘などではなく、狂言強盗の仲間で、新三の居《い》合《あい》で裸にされた例の娘だった。

新三は、さっと半身《はんみ》になって、その突きをかわした。

右の手刀で、娘の手首を打つと、相手は匕首を取り落とした。

さらに、伸びた首筋にも手刀を打ちこむと、娘は、くたくたとその場に崩れる。

失神したのだ。

新三は舌打ちして、脇差を帯に戻した。

ごろつきは二人とも、完全に息の根が止まっている。

「出来の悪い茶番《ちゃばん》だったな」

言い捨てて、新三は廊下へ出た。

五兵衛と名乗った中年男が、この寮のどこかに隠れているはずなのだ……。

五

何の調度《ちょうど》もない座敷の真ん中に、娘は、熟睡中の赤子《あかご》のようにわずかに紅唇《こうしん》を開いて、仰向けに横たわっている。

無尽流抜刀術《むじんりゅうばっとうじゅつ》の奥義《おうぎ》を極めた鷹見新三郎が、頸部《けいぶ》の急所を一撃したのだから、そう簡単に意識を取り戻すことはない。

「………」

新三は、冷たく冴えた面《おもて》で、気を失っている娘を見下ろしていたが——彼女の傍《かたわ》らに片膝をつくと、その帯を解き始めた。

水色の肌襦袢《はだじゅばん》も脱がせ、最後に残った緋色《ひいろ》の下裳《したも》まで、容赦《ようしゃ》なく剝ぎとった。

ついに娘は、その瑞々《みずみず》しい肢体の全てを、新三の視界にさらしてしまったのである。

女にしては、背が高い方である。四肢が伸びやかに発達した、健康的な肉体であった。

肌のきめが細かく、色白だ。女の花園の佇《たたず》まいは、美しい。

狂言強盗の一味であるのに、花園の形状と色艶《いろつや》から判断して、意外にも、この娘は処女であるらしい。

新三は、已《おの》れも白い下帯《したおび》だけの裸体となった。着痩せして見えるが、裸になると、筋骨の逞《たくま》しさが目立つ。

死骸が転がっている隣の座敷から、娘と一緒に手焙りを、こちらへ移したので、着物を脱いでも寒くはない。

新三は、少しも淫らがましい色のない醒めた表情のままで、娘の下肢を大きく開いた。

そして、右手の指を秘部に這《は》わせる。果肉の内部は、湿っていた。

左手の方は、仰向けになっても、ほとんど形の変わらない乳房を、揉みまわしている。

熟練した職人が精密作業を行うように、美貌の牢人者は、左右の五指を微妙に使って、ゆっくりと娘の官能を燃え立たせていった。

やがて——乙女の柔肌《やわはだ》が桜色に火照《ほて》り、しっとりと汗ばんできた。

娘の小鼻がふくらんで、呼吸が荒くなる。

意識のない女体が、すでに、男を迎え入れる準備を整えたのであった。

新三は、娘に覆いかぶさった。

そして、強引に、侵入する。

「っ!!」

生涯ただ一度の激痛に、娘は、瞬時に覚醒《かくせい》した。

前人未踏の神聖な処女地を引き裂かれた苦痛に、眉をしかめながら、娘は、信じられないという表情で、新三の顔を凝視する。

「こ、これは……」

「策を弄《ろう》して、武士の命を狙ったのだ。返り討ちは覚悟の上だろう。だが、私は女を斬る剣は持たぬ。それゆえ——女の一番大切なものをいただく事にした。つまり、操《みさお》をもらったのさ」

股間のものに強烈な収縮を感じながら、新三は、落ち着いた口調で言った。

「卑怯者っ、悪党！」

娘は、新三の軀を押し退けようとした。

が、強く一突きされると、背中を弓なりに反《そ》らせる。

「卑怯とは、面白いことを言うな。先日の一件を逆恨みしてのことだろうが……大店の娘に成《な》りすまして私を呼び出し、殺そうとしたのは、卑怯とは言わぬのか。もっとも、こちらは、騙《だま》された振りをしただけだが」

「な……なぜ、わかった……」

額に脂汗《あぶらあせ》をにじませて、娘は喘《あえ》いだ。

「薬種問屋の手代なら、着物に干した薬草の匂いがしみついているはず。あの五兵衛という男には、その匂いがなかった。それに……跡取り娘の見合いの日に、寮の中が静まりかえっているのは、どういうわけだ。膳《ぜん》の準備などで、奉公人《ほうこう》たちが大わらわのはずではないか」

「く、くく……」

憎しみに満ちた眼で、娘は、己れを凌辱《りょうじょく》している牢人者を睨みつけた。

「ここは、どうやら空家《あきや》らしいな。庭の荒れ具合からして、空《あ》いたのは最近だろう。一通りの掃除はしたのだろうが、調度がほとんどないのでは、騙しきれぬ」

「権次《ごんじ》っ、参太郎《さんたろう》っ！」

娘は、顔を横向きにして叫ぶ。

「無駄だ、死人は返事をせぬ」

「では……やはり二人とも……」

「あの二人だけではなく、台所に隠れていた五兵衛という男も、叩き斬った。

残ったのはお前だけ……そのお前は、こうして、私に刺し貫かれている」

新三は、冷酷な笑みを浮かべた。

「わ、私も殺すのかっ」

苦痛と憎悪と怯えの入りまじった複雑な表情で、娘は言った。

「前にも言ったではないか。大事な操をもらった以上、命までは奪わぬ。ただし
――これは報復だから、お前を楽しませるつもりはない」

そう言って、新三は荒っぽく腰を使った。

「お願いですから、もっと、やさしくして……」

先ほどまでの虚勢が消えて、娘は眉根をしかめる。新三は律動《りつどう》を停止して、

「お前の名は」

「こ……梢《こずえ》と申します、長谷川《はせがわ》梢……」

「やはり、武家《ぶけ》の出か。匕首の構え方が、武道の心得のあるものだったが」

梢は、視線をそらせた。

「牢人の娘が、ごろつきと組んでの荒稼ぎ……さぞかし、軽蔑なさっておいででしょう」

「たしかに誉《ほ》められたことではないが、本物の莫連女《ばくれんおんな》には堕《お》ちきれなかったようだな」

「……？」

「お前が、武家の心を捨てた擦《す》れっ枯《か》らしならば、とうに、貞操を捨てていたはずだ」

「た……鷹見様……」

娘の双眸《そうぼう》に、新たに涙が溢《あふ》れたが、それは苦痛のためではなかった。

「性根《しょうね》の腐った毒女だったら、とことん成敗してやるつもりだったが……気が失《う》せた。あとは、勝手にするがいい」

新三は、梢から抜こうとした。が、娘の方から、彼にすがりついて離れない。

「どうしたのだ」

「最後まで……梢を女にしてくださいまし」

その声は、しっとりと濡れていた。

「辛《つら》いぞ」

「こ……堪《こら》えます……武士の娘ですもの」

梢は含羞《はにか》む。悪態をついていた時とは、別人のように、しおらしい表情になっていた。

「――よし」

新三は、動きを再開した。ただし、今度は、丁寧に丁寧に、娘の快美感覚を高めてゆく。

およそ四半刻《しはんとき》もかけて、新三が行為を続けていると、初めての体験であるにもかかわらず、梢の肉体は反応を示した。

その機を逃さず、新三は、腰の律動を加速する。

ついに梢は、甘い悲鳴をあげて、生まれて初めて達した。同時に、新三も、たぎるように熱くなった花孔に、したたかに放つ。

――合体を解かぬまま、全裸の二人は、互いの軀を穏やかにまさぐりあった。

「父上はどうされておるのだ」

何か事情のありそうな様子に、新三は訊いてみた。

「父は……長谷川久蔵《きゅうぞう》は……殺されました」

十八歳の梢は、沈んだ表情で言う。

「尋常《じんじょう》の果たし合いか」

「いいえ。二カ月前の夜、何者かに、槍で額を貫かれて――」

六

翌日の午後――神田駿河台《かんだするがだい》の錦小路《にしきこうじ》にある、大久保彦左衛門の屋敷。

「何だと、鷹見新三郎と申す牢人者が訪ねてきた？　それは……ええい、喜内《きない》、何をぼんやりとしておるのだ！　さっさと、書院の方へ通さぬかっ」

彦左衛門は、用人《ようにん》の笹尾《ささお》喜内を怒鳴りつけると、掛けていた丸眼鏡をむしり取った。

「ははっ」

喜内は、あわてて、さがる。

彦左衛門は、今まで睨みつけていた碁盤を蹴飛ばすようにして立ち上がると、満面に笑みを浮かべて、

「そうか、そうか、訪ねて来てくれたか。先日の別離は、後味が悪かったからのう。うむ……前田侯《まえだこう》からいただいた酒があったな。京からの下りものも良いが、加賀《かが》の酒は、また格別じゃ。喜内、あれを燗して……おや、もう、おらんではないか。何と落ち着きのない奴だ。あれでは、戦《いく》さ場《ば》では、物の役に立たぬぞ。いやいや、そんな愚痴を言っている場合ではない」

小姓《こしょう》を呼んで着替えをすませると、彦左衛門は、書院へ向かった。

「――待たせたな、新三郎」

わざと、しかめ面で座敷へ入ると、新三の斜め後ろに、頭巾《ずきん》をかぶった若い娘が控えていた。

何者かと心中いぶかりながらも、そ知らぬ顔で、彦左衛門は上座に着く。

「御老体、突然、お邪魔をいたし申し訳もございません。額の膏薬も取れたようで、何よりです」

今日の新三は、髪結の格好ではなく、鉄色の小袖の着流し姿である。それでも、腰に落としているのは、脇差のみであった。

「膏薬のことは、もう、申すな。ははは」

威厳を保とうとしながらも、つい、顔がほころんでしまう彦左衛門だ。

「ところで、新三。今日は、ゆっくり出来るのであろうな」

「はい。鷹見新三郎、本日は、御老体にお願いの儀があって、やって参りました」

「うむ、言うな。言わずともわかっておる」

大久保彦左衛門は、うなずいた。

「徳川家の旗本として、新規召《め》し抱《かか》えができれば、一番良いのじゃが。これが、ちと難しい。どうかな。陪臣《ばいしん》でよければ、どこの大名家なりと紹介しよう。親藩は言うに及ばず、望むならば、譜代でも外様《とざま》でも、好きなところへ行かせてやるぞ」

「お心遣《こころづか》いは有難く思いますが、お願いというのは、仕官のことではありません」

「ほう、では何じゃ」

新三は、肩越しに娘に向かって、

「梢、頭巾を取りなさい」

「──はい」

長谷川梢は、頭巾をとると、静かに一礼して顔を上げた。

彦左衛門は身を乗り出して、その顔をじっと見ていたが、

「おっ、そなたは！」

「御前様《ごぜん》。わたくしの先日のご無礼、お許しくださいませ」

別人のような手弱《たおや》かさで、梢は両手をつく。

「喜内っ！」

割れ鐘のような大声を出し、彦左衛門は真っ赤な顔で立ち上がった。

「はいはい、お燗はもうすぐでございます」

平家蟹《へいけがに》のように四角い顔をした笹尾喜内が、揉み手をしながらやってくると、

「酒ではないっ、わしの槍を持ってこい！」

「はあ？」

「この娘を成敗してやるのじゃっ、早く、郷義弘《ごうのよしひろ》の槍を持ってこぬか！」

「御老体、お静まりください。成敗ならば、すでに、この新三が済ませておりますゆえ」

「何……せ、成敗が済んでいる？」

彦左衛門が梢の方を見ると、十八娘は、頬を染めて俯《うつむ》いてしまう。

その様子から、新三の言う〈成敗〉の意味を知った彦左衛門は、急に馬鹿馬鹿

しくなって、ぺたりと座りこんだ。

「槍をお持ちするのでございますか、御前」

「馬鹿者っ、奥山《おくやま》の観世物《みせもの》でもあるまいし、槍が飲めるか！　酒じゃ、早く酒を持ってこいと申したのじゃっ」

「やれやれ……」

喜内は溜息をついて、さがった。

「改めて、ご紹介させていただきます。西国牢人の長谷川久蔵殿の娘御《むすめご》で、梢殿です」

新三は、梢がごろつきの仲間にまで身を堕《お》とした事情を、説明した。

――主家の取り潰しによって牢人となった長谷川久蔵は、妻の弥生《やよい》と娘を連れて、江戸へ出てきた。

武芸に秀《ひい》でた久蔵であったが、世辞の一つも言えぬ一徹《いってつ》さが災いして、仕官の口どころか、町道場の師範代《しはんだい》も勤まらない。

福島町《ふくしまちょう》の裏長屋で、一家の生活を支えるために、働きづめに働いた弥生は、疲労困憊《こんぱい》して病《やまい》に倒れ、そのまま不帰《ふき》の人となった。

久蔵は、侍髷を手拭《てぬぐ》いで隠して、建築現場の土捏《つちこ》ねの仕事を得た。

梢も、扇紙《おうぎがみ》の型押しの内職をして、家計を助けた。彼女の美貌からすれば、水茶屋《みずちゃや》か矢場《やば》に勤めれば、暮らし向きも楽になるのは、わかっている。

だが、久蔵はそれを許さなかった。

貧苦に耐えながらも、不器用な生き方を変えようとしない父親を尊敬していた梢も、もくもくと内職に励んでいた。

貧乏牢人の中には、娘を豪商の妾《めかけ》に売って、大金を手に入れた者もいる。が、そのような要領のよい世渡りとは無縁の生き方もあるのだ——という誇りが、この貧しい父娘の心の支えであった。

その誇りが、二カ月前の夜——粉微塵《こなみじん》に打ち砕かれたのである。

坂本町の友人を訪ねた久蔵が、何者かに、槍で突き殺されたのだ。

報《しら》せを聞いて、楓川《かえでがわ》ぞいの大原稲荷《おおはらいなり》に駆けつけた梢は、額の真ん中を突き抜かれて絶命している父親を見た。しかも、大刀を抜きもせずに……。

兵法者《ひょうほうしゃ》としての父を尊敬していただけに、梢の衝撃は大きかった。

不意を突かれたとしても、一太刀ぐらいは返すのが、——いや、そもそも不意を突かれるということ自体、兵法者として恥ずべきではないか。

父を失った悲しみと信じていたものに裏切られた虚脱感が、梢を自暴自棄にさせた。

翌月に、同じように麻布《あざぶ》で手練者《てだれ》の牢人が槍で突き殺されたと聞いて、彼女は、権次たちの仲間になったのである。

無論、三俣の中州で見つかった死骸と、同じ下手人の仕業であろう。

新三の推理と同じく、梢も、父を殺した下手人は、槍持ちを連れていてもおかしくない旗本だと考えた。

江戸の街に牢人が溢れかえっていることを、苦々しく思っている旗本は多い。

それで、旗本だけを襲う狂言強盗の一味となり、間接的な〈仇討《あだう》ち〉をしたのだ……。

「――で」

むっつりとした顔で、彦左衛門は、先を促す。

運ばれてきた燗酒は、とうに冷《さ》めていた。

「この娘に、本当の仇討ちをさせてやりたいのです」

「どういう意味じゃ」

「下手人は、牢人だけを狙う槍術の達人。いわば〈牢人狩り〉を楽しんでいる者……御老体、お心当たりがあるのではありませんか」

「……」

「私が見た三人目の牢人の傷口からして、穂先は平三角。長さは三寸《ずん》ほど。たぶん、六尺ほどの短槍でしょうな。そのような槍を能く遣《よ》う旗本を、ご存じではあるまいか」

「……」

「供も連れずに、菅笠にて顔を隠し、わざわざ無紋の羽織姿で街中を歩き、常に江戸府内の治安に心を砕いておられる大久保の御老体ならば、ご存じあって然《しか》るべし——と思いますが」

梢も再び、両手をついた。

「御前様。もし、お心当たりがおありならば、お隠しなく、お教えくださいませ。梢は……梢は、亡父の無念を晴らしとうございます。何卒《なにとぞ》……父の……」

それから先は、涙で言葉が続かない。

「ええいっ、是非《ぜひ》もないわ」

大久保彦左衛門は、悔しそうに膝を打った。

「あの日、あの時、うかうかと下寺通りを歩いておったのが、間違いの始まりじゃ。こうなっては、隠し立てもできまい」

「御前様っ、では……」

「小普請組《こぶしんぐみ》にな、川勝儀衛右門《かわかつぎえもん》という二百五十石の者がおる」

猿の干物のような顔を、片手で撫でおろしてから、彦左衛門は溜息をついた。

「──丹後流《たんごりゅう》槍術の達人だそうな」

七

その夜──槍持ちの伊助《いすけ》を連れて、大久保彦左衛門の屋敷へやってきた川勝儀《かわかつぎ》右衛門《えもん》は、座敷へではなく、木戸を潜《くぐ》り中庭へ通された。

「これは……」

儀右衛門、思わず立ちすくんだ。

目は小豆《あずき》のように小さく、団子鼻《だんごばな》で、風采《ふうさい》の上がらない丸顔である。その善人そうな顔が、醜く歪《ゆが》んだ。

中庭の四隅に篝火《かがりび》が焚かれ、あたかも陣屋《じんや》のように、〈上《あ》がり藤《ふじ》に大《だい》の字〉の定紋入《じょうもんい》りの幕が張られていたからだ。

そして、裃《かみしも》姿の彦左衛門が床几《しょうぎ》に腰を下ろし、その脇には、鉄色の着流しの牢人者と白装束《しろしょうぞく》の娘がいる。

娘は、女髷ではなく弾《はじ》き茶筅《ちゃせん》にして髪を背中に垂らし、白い鉢巻《はちまき》をしていた。そして襷掛《たすきが》けをして、白袴の股立《ももだ》ちを取っている。

脛には脚絆《きゃはん》を付け、草履ではなく、草鞋《わらじ》を履いていた。左腰には、大刀を一本差している。美少年のような凜々《りり》しさであった。

考えるまでもなく、これは立派な仇討ち装束だ。娘は、突き刺すように鋭い視線を、儀右衛門に投げつけている。

が、儀右衛門は、無理に快活さを装って、

「御老体、どういう趣向ですかな。当家の槍を見たいとの仰せに、ここまで参った拙者《せっしゃ》に対して、いささか、悪ふざけがすぎるのではございませんか」

「悪ふざけとは口がすぎるぞ、儀右衛門」

彦左衛門は、にこりともせずに、

「この娘は、過日、大原稲荷《おおはらいなり》の境内《けいだい》において、貴様の手にかかって非業《ひごう》の死を遂《と》げた牢人・長谷川久蔵の娘、梢である。さらに、そこに控えしは、梢の助勢を務める鷹見新三郎じゃ。立会人は、この大久保彦左衛門尉忠教。儀右衛門、用意はよいか」

「馬鹿馬鹿しい。大原稲荷で牢人を突き殺したなどと、根も葉もないことを……直参《じきさん》旗本を侮辱《ぶじょく》なさるおつもりか」

「ほほう……」

彦左衛門は金壺眼《かなつぼまなこ》を光らせた。

「わしは、〈非業の死を遂げた〉とは申したが……刀で斬ったとも槍で突いたとも、言いはせなんだ。その今の言葉こそ、貴様が三人の牢人を手にかけた、何よりの証拠《あかし》じゃ」

「黙れっ」

儀右衛門は、伊助の手から短槍を奪い取ると、さっと鞘を払って、彦左衛門に向ける。

新三の推測どおり、平三角の三寸三分の槍穂であった。柄《え》も、六尺である。

「御老体、御老体と持ち上げていれば、頭《ず》のぼせおって！　無法な言い掛かりをつけるのなら、旗本の意地にかけて、この場で討ちとるが、よろしいかっ」

「のぼせておるのは、貴様の方じゃ。この肩衣《かたぎぬ》と紋服が目に入らぬか」

「何……」

「行儀霰《ぎょうぎあられ》七八の桐の紋所《もんどころ》、この肩衣は、豊臣秀吉《とよとみひでよし》公からの拝領物じゃ。さらに、この三葉葵《みつばあおい》の紋服は、勿体《もったい》なくも東照神君《とうしょうしんくん》家康公から直々《じきじき》に拝領したる品。その槍の穂先が、髪一筋分でもこれに当たれば、川勝の家は即刻、断絶じゃ。それを承知で、この彦左衛門に槍を向けるか。どうじゃ、儀右衛門！」

「く、むむむ……」

川勝儀右衛門は、全身に冷たい脂汗を噴き出した。仕方なく、槍先を下げる。

その背後で、奴の伊助は、ただ狼狽《うろた》えるばかりだ。

「儀右衛門。貴公も武士なら、徳川の直参ならば、いさぎよく認めよ。――三人の牢人を、その槍にかけたな」

「御老体、拙者は旗本として、為《な》すべきことを為したまで。将軍家のお膝元に集まる不逞《ふてい》牢人を始末して、何の咎《とが》がございましょう」

「父は不逞牢人などではないっ」

長谷川梢が、甲高《かんだか》い声で言った。

「我が父の恨みをはらすは、今！　川勝儀右衛門、尋常に勝負をいたせっ」

大刀を引き抜く。

「小癪《こしゃく》な！」

儀右衛門は、槍を構え直した。

「伊助っ、主人《あるじ》の闘いぶり、よく見ておけよっ」

「は、はい……」

大きめの半纏《はんてん》を着た伊助は、震えながら返事をした。

「――御助勢つかまつる」

大刀を正眼《せいがん》に構えた梢の脇から、すっ……と新三が前へ出た。脇差の鯉口《こいぐち》を切ると、十分な距離をとって、儀右衛門と対峙《たいじ》する。

梢は、おとなしく後ろへさがった。

「貴様の得物《えもの》は脇差か……馬鹿め。いくら、わしの槍が短いといっても、脇差とは問合《まあい》がまるで違う。勝負にならぬぞ」

興奮して真っ赤に染まり、篝火の照りかえしで、脂汗がてらてらと光って、旗本の顔は悪鬼のようになっていた。

「それは、どうかな」

新三は冷たく言い捨てた。

じりっじりっ……と弧《こ》を描くようにして、儀右衛門は左へ移動する。それにつれて、新三も、じりじりと右へ移動した。

新三、儀右衛門、伊助が一直線上に並んだ、その瞬間、光った。
「いええぇーっ」
獰猛《どうもう》な気合とともに、儀右衛門が間合を詰《つ》めた。同時に、その肩越しに何かが
が、その時には新三は、地面に左膝をついている。
目標を失った槍穂が、虚《むな》しく夜の空間を貫いた時——新三は、儀右衛門の脇を
斜めにすり抜けていた。
すれ違いざまに、左の逆手に握った脇差が、儀右衛門の左脇腹を断《た》ち割《わ》ってい
る。
「あおっ！」
海獣のような叫びを上げて、儀右衛門は、どうっと倒れた。脇腹の傷口から、
原色の臓腑《ぞうふ》が、周囲に扇状に飛び散る。
「梢っ、今じゃ！」
彦左衛門は叫んだ。
「はいっ」
梢は弾かれたように飛び出して、俯《うつぶ》せになった儀右衛門の背中に、大刀を突
き立てる。

「げぇぇ……」

全身を突っ張らせて、川勝儀右衛門は、絶命した。

新三は、腰を抜かして臀餅《しりもち》をついている伊助に近づいた。

そいつの右前腕部の内側には、細身の龕燈《がんどう》が括《くく》りつけられている。これの輪郭《りんかく》を隠すために、大きめの半纏を着ていたのだ。

「三人の牢人を殺した時も、そいつで相手の顔を照らして、一瞬、目が眩《くら》んだところを、儀右衛門が一突きにしたのだな」

「へい……その通りで……殿様に命じられたので、仕方なく……」

「そうか」

新三は、逆手の脇差で、無造作に相手の首を刎《は》ねる。

吹っ飛んだ奴の首は、松の幹に当たって、地面に落ちた。

頭部を失《な》くした伊助の頸部から、勢いよく血が噴出する。

そして、ゆっくりと横倒しになった。

「こうなっても、仕方ないな」

新三は、懐紙《かいし》で刃《やいば》を拭ってから、脇差を鞘へ納めた。梢と彦左衛門の方へ、戻る。

「新三様っ」

長谷川梢は、人目を構わずに、新三の胸に抱きついた。鉄色の着流しの衿《えり》が、男装の娘の熱い涙で濡れる。

わざとらしく彦左衛門が咳払《せきばら》いをすると、梢は、あわてて新三から離れた。

「新三。よく、あの仕掛けに気づいたのう」

「川勝儀右衛門は、たしかに凄腕ではありましたが、達人というほどではない。だが、梢から聞いた限りでは、長谷川久蔵殿は達人の域にあったはず。とても、儀右衛門ごときが、額を一突きで倒せるわけがない」

「なるほど……」

「三俣の中州の死骸だけなら、私も納得したでしょうが、長谷川殿や他の牢人も仕損《しそん》じ傷《きず》ひとつなく一突きというのは、あまりにも出来すぎている。しかも、事件は、いつも夜、起こっている。闇夜《やみよ》の目眩《めくら》ましというのが、すぐに思いつきました。あんな手段とまでは、考えませんでしたが」

「そうか。それで、盛大に篝火を焚かせたのだな。さすがに、わしが見込んだ男じゃ」

豪快に笑った彦左衛門であったが、すぐに、憂《うれ》い顔《がお》になって、

「川勝儀右衛門のことは、わしが裏から手をまわして病死で済ませるが……巷《ちまた》に牢人が溢れている限りは、これからも、こんな事件が起こるのだろうな」

「御老体、一つ考えがあります」

「なんじゃ」

「見れば、この屋敷の庭は、二千坪ほど空いているようだ。ここへ長屋を建てて、寄《よ》る辺《べ》のない牢人たちを住まわせては如何《いかが》でしょうか」

「わしの屋敷内に、牢人を住まわせる？」

「旗本肝煎たる御老体が、進んで牢人の面倒を見ているとあれば、牢人を邪魔者扱いしている他の旗本たちも、考えを変えるでしょう」

「うむ……武芸や算盤《そろばん》に優《すぐ》れた者は、仕官の口も世話できるかも知れん……。よいぞ、新三！　これなら、一石二鳥じゃ」

彦左衛門は、扇子《せんす》で膝を叩いた。

「その牢人長屋が建った暁《あかつき》には、一番に、お前や梢殿が住んでくれるのであろうなっ」

梢は、はっと新三の顔を見やった。

「折角《せっかく》ですが、私は市井無頼《しせいぶらい》の生活の方が、肌に合っております」

「あの……わたくしも……町方《まちかた》の暮らしの方が……」

梢は、俯いてしまった。

「ふん。まあ、好きにせい。……駿河大納言様は、よい家臣を持たれたな」

新三は無言で一礼すると、表門の方へ歩きだした。梢が、あわてて彼の後を追う。

大久保彦左衛門は、苦笑まじりに、それを見送るのであった。

事件ノ三　闇《やみ》からの刺客《しかく》

一

寛永《かんえい》十五年の師走《しわす》――深夜の通りを、笛のように鋭い音を立てて、乾いた寒風が吹き抜けていった。

常夜燈の黄色っぽい光が、弱々しく瞬《また》いている神田駿河台《かんだするがだい》の大名屋敷通りを、鷹見新三郎《たかみしんざぶろう》――髪結新三《かみゆいしんざ》は歩いていた。

彼以外に、人影はない。

新三は、鉄色の小袖《こそで》の上に、黒紫色の天鵞絨《びろうど》の羽織《はおり》を着ている。帯には、脇差《わきざし》を落としていた。微醺《びくん》をおびている。

台箱を下げていないから、仕事帰りではない。

駿河台錦小路《にしきこうじ》の大久保彦左衛門《おおくぼひこざえもん》の屋敷から、天王町《てんのうちょう》の家へ戻る途中であった。

今、彦左衛門の屋敷の庭には、新三の提案で、浪人長屋を普請中《ふしんちゅう》である。その進行具合を見にこい――と彦左衛門から何度も誘われていたので、今日の夕方《ゆうがた》、台箱の代わりに一升樽《だる》を下げて、訪問したのだった。

無論、長屋の普請の具合などというのは口実で、旗本肝煎《はたもときもいり》の頑固老人は、新三と会いたかったのである。

彦左衛門は上機嫌で、あまり上手《じょうず》ではない詩吟《しぎん》まで披露し、したたかに酔った。ようやく、新三郎が屋敷を出たのは、亥《い》の中刻《ちゅうこく》――午後十一時過ぎであった。

彦左衛門が、五十歳以上も年の離れた自分を、ひどく気に入っていることは、新三もわかっている。

だが、彼は、他人と深く親交を結ぶことに、躊躇《ためら》いがあった。ある一線で踏み止《とど》まり、それ以上に親しくなることを、自制していた。

己《おの》れの昏《くら》い過去ゆえであった。

五年前――現将軍家光《いえみつ》の実弟である駿河大納言忠長《するがだいなごんただなが》は、上野国《こうずけのくに》の幽閉されていた屋敷の中で自害《じがい》した。

その時、ただ一人許されていた近侍《きんじ》が、忠長の介錯《かいしゃく》を務めた。それが、十九歳の鷹見新三郎なのである。

敬愛していた主君の首を、自分の手で落としたという事実が、新三の心を引き裂き、堅く閉ざしてしまったのだ。

（俺には……生涯、人間らしい穏やかな生き方《かた》など許されるはずもない……）

相生橋《あいおいばし》に突き当たると、新三は橋を渡らずに、右へ折れた。神田川沿いの道を、下流へと歩く。青白い満月の下、太田道灌《おおたどうかん》が植えたという柳の枝々が、山姥《やまうば》の白髪のように風に揺れていた。

夏場には、この柳の下で茣蓙《ござ》を抱えた夜鷹《よたか》たちが客の袖を引くのだが、さすがに、この季節には誰もいない。

もっとも、川風が骨まで凍《し》みる夜に、吹きっさらしで下半身を剝《む》き出《だ》しにしていたら、心《しん》の臓《ぞう》が止まってしまうだろうが。

和泉橋《いずみばし》の前を通り過ぎた新三の顔が、ふと険しいものに変わった。

「………」

だが、その足運びには、いささかの乱れもない。今までの歩調を変えずに、孤影を連れて歩き続ける。

左側には神田川、右側は大名屋敷の塀であった。淡い雲がとろりと流れて、月にかかり、視界が翳《かげ》った。

次の瞬間、塀の上に蹲《うずくま》っていた黒い影が、ぱっと新三の頭上へ飛んだのである。

「っ!」

ひゅうっと鋭い音を立てて、見えない何かが、正面から襲いかかってきた。

新三は上体をひねって、危うく、それをかわす。

すると、鼯鼠《むささび》のように飛翔した影は、反対側の柳の木の天辺《てっぺん》近くに飛びついた。

柳が弓のようにしなると、そいつは木を蹴って、再び飛んだ。新三の斜め後ろの方へ、である。

今度は、ひゅうっ、ひゅうっと二つの切り裂き音が、左右から聞こえた。

「ちっ」

見えない凶器を、新三は音だけを頼りに、振り向きながら機敏にかわした――つもりであったが、右腕に氷を押しつけられたような鋭い感覚が走った。

影は、音もなく地面に着地する。

雲が切れて、冷ややかな月光が、その姿を照らし出した。

伸ばし放題《ほうだい》の髪をした小男で、灰緑色の小袖に同色の伊賀袴《いがばかま》という格好であった。

両手に、三日月鎌《みかづきがま》を構えている。その二本の鎌の柄《え》と柄は、長い鎖で繋《つな》がれていた。

新三を襲ったのは、この一対の鎖鎌《くさりがま》だったのである。鎖と鎌の刃は、蠟燭《ろうそく》の煤《すす》をまぶして、光の反射を防いでいた。

これを闇《やみ》の中で振りまわされたら、いかに優《すぐ》れた視力の持《も》ち主《ぬし》でも、その動きをとらえることは不可能であろう。

「――何者だ」

右腕を細く流れ落ちる鮮血を意識しながら、新三は誰何《すいか》した。傷は浅手らしい。

「どうやら、初めて見る顔だ。お前に恨みを受ける覚えはないぞ」

新三が左の親指で脇差の鯉口《こいぐち》を切ると、小男は、にたりと嗤《わら》った。鯰《なまず》にそっくりの、不気味な顔である。

「強い……お前は強いな」

貝殻を擦《す》り合わせるような、耳障《みみざわ》りな声で言う。

「俺の双月鎖《そうげつさ》を二度もかわしたのは、お前が初めてだ。お前のような奴と立ち合えて、俺は、とても嬉しい」

「こちらは迷惑千万だ。意趣遺恨《いしゅいこん》でないとすると、誰かに頼まれたのか」

「く、くく……また逢《あ》おうぞっ」

小男は身を翻《ひるがえ》すと、恐ろしいほどの迅《はや》さで走り去り、夜の闇に消えた。

「……」

裂けた羽織の上から、右腕の傷を押さえた新三は、小男の着地した場所に近づき、目をこらした。

小豆《あずき》を落としたように、地面に、数個の小さな黒い染《し》みがある。血であった。

新三は、防御一方だったのではない。あの双月鎖なる凶器をかわしながら、飛翔する影に向かって、脇差に備えていた小柄《こづか》を打っていたのだ。

それが軀《からだ》のどこかに命中したので、あの男は、逃走したのである。

着地場所以外に、血痕がないところを見ると、小柄を抜かないまま、傷口に布か何かを当てて、駆け去ったのだろう。

あの驚異的な体術と逃げっぷりの鮮やかさからして、奴は忍びくずれではないか。

（だが……）

新三は訝《いぶか》った。

（なぜ、俺を狙ったのだ……？）

二

「新三様、お帰りなさいませ……あっ」

出迎えにでた長谷川梢《はせがわこずえ》が、さっと顔色を変えた。彼の羽織の右袖の裂目《さけめ》に、気づいたのである。

「怪我をなさったのですか」

「大事ない。もう、血は止まった」

新三はそう言いながら、奥の座敷へ入る。

「こんな遅くまで、私を待っていてくれたのか」

座敷の中は、生き返る気がするほど、暖かかった。長火鉢では、鉄瓶が白い湯気を噴き上げている。

梢は、それには直接答えず、薬箱と晒《さら》しと焼酎《しょうちゅう》の徳利《とっくり》を持って来て、

「きちんと、手当てをなさらなければ。傷を見せてくださいまし」

新三の前に座った。

娘姿ではなく、小袖に袴をつけ、弾《はじ》き茶筅《ちゃせん》にまとめた髪を、背中に長く垂らし

ていた。額の両側に、一房《ひとふさ》ずつ前髪が落ちている。

その格好と目鼻立ちのはっきりした勝気《かちき》そうな容貌とが相俟《あいま》って、まるで美少年のような凛々《りり》しさである。中性的な不思議な魅力だ。

大刀《だいとう》は座敷の隅に立て掛け、梢は今は、帯に脇差を差しているきりだ。さすがに大小とも、細身の造りである。

新三は脇差を帯から鞘《さや》ごと抜くと、胡坐《あぐら》をかいて諸肌脱《もろはだぬ》ぎになった。行燈《あんどん》の光に、着瘦せして見える外見に反して、裸になった上半身は逞《たくま》しい。筋肉の畦《うね》が、くっきりと影を落としている。

厳しい修行によって練り上げられた、本物の兵法者《ひょうほうしゃ》の肉体であった。

「………」

思わず、男の分厚い胸板に熱い視線を張りつけてしまった梢は、頰を染めて俯《うつむ》いた。

それから、無表情を装って、新三の右上腕部の傷口に目をやる。

傷の長さは一寸《すん》半ほどで、凝固した黒っぽい血がこびりついていた。

「この傷……刀ではございませんね」

「さすが、師範代《しはんだい》殿は目がきくな」

「厭《いや》です、おからかいになっては……」

再び、男装娘は頬を染めた。

梢の父・長谷川久蔵《きゅうぞう》は、伊吹新流《いぶきしんりゅう》の達人であり、彼女は幼少の時から、その業《わざ》を仕込まれてきた。そのおかげで、女の身ながら梢は、並の武士では太刀《たち》打ちできぬほどの遣《つか》い手《て》に成長したのである。

が、その父は、旗本・川勝儀右衛門《かわかつぎえもん》に卑劣な方法で殺され、傷心のあまり、梢は一時、ごろつきの仲間に身を堕《お》としていた。

しかし、新三の助力によって、父の仇敵《かたき》を討つことができた梢は、大久保彦左衛門の紹介で、伊吹新流の村岡《むらおか》道場に勤めることになったのである。

赤坂にあるその道場は、出入りの旗本屋敷を数多くかかえていて、長谷川梢は、旗本の娘や女奉公人《ほうこうにん》への出稽古《でげいこ》を受け持つことになった。

女人《にょにん》ではあるが腕は確かで、何よりも、教え方が上手《うま》いと、梢の評判は上々であった。

住居《すまい》は、氷川明神《ひかわみょうじん》裏に小さな家を借りて、出稽古のない時には、近所の子供たちに読み書きを教えていた。

梢としては、この天王町の新三の家に同居して、新三の世話をしたかったのだが……。

焼酎で傷口を丁寧に洗い、梢は、長火鉢で熱して伸ばした練り薬を、そこに塗る。

「本当は、何があったのでございますか」

新三の腕に晒しを巻きながら、梢は心配そうに尋ねた。

「いくら御酒《ごしゅ》を召し上がっていたとしても、新三様ほどの方が手傷を負うなど、唯事《ただごと》ではございますまい。いえ……余計なことをお訊《き》きしました。お許しくださ

い」

「謝ることはない。私自身、訳がわからぬのだ。実は――」

新三は手短に、謎の刺客《しかく》のことを説明した。

「何者でございましょうか、その男は」

「闇討ちを生業《なりわい》とする者だろうな。こんな浪人髪結の命なぞ狙っても、幾らにもならんだろうが」

新三は苦笑して、袖に腕を通そうとした。

その裸の胸に、梢は身を投げかける。

「ご無事でようございました、ご無事で……新三様にもしもの事があったら、わ

たくし……」

後は言葉にならず、梢は涙ぐみながら、柔らかい頬を男の胸にこすりつけた。

「梢……抱いて欲しいのか」

新三は、娘の頤《おとがい》に指をかけて、上を向かせた。梢は、涙に潤んだ目を閉じて、そっと頷《うなず》いた。

その紅唇《こうしん》に、新三は、自分の唇を重ねた。

喘《あえ》ぎながらも、梢は、積極的に舌を絡《から》めてくる。吐息が、火のように熱い。

濃厚な接吻を続けながら、新三は、娘の腰から脇差を鞘ごと抜き取った。袴の帯を解いて、それを脱がせる。梢は腰を浮かせて、新三の作業に協力した。

小袖も肌襦袢《はだじゅばん》も脱がせて、腰の物だけの半裸にする。兵法者らしい、健康的な少年のように引き締まった肉体であった。

胸乳《ぬなぢ》は年齢相応の大きさだが、乳輪の色が薄い。乳頭だけが目立っている。

男性用の下帯《したおび》の代わりに、梢は太腿《ふともも》の半《なか》ばまである白い下袴《したばかま》をつけていた。

その下袴の股間を、新三は、静かにまさぐる。たちまち、布地が熱く湿って、その内側の花園の形が、くっきりと浮かび上がった。

「あ、ああ……っ」

唇を外して、男装娘は、小さな呻《うめ》きを発した。

新三は、彼女を這《は》わせて背後から行《おこな》う。

最初は穏やかに、そして徐々に激しく責めていった。

小さな波が何度も何度も、梢の肉体を揺さぶる。やがて、大波が押し寄せて、彼女を途方もない高みに持ち上げてしまう。

それに合わせて、新三は、深々と抉《えぐ》った。

「……っ！」

言葉にならない悲鳴とともに、長谷川梢は絶頂に達した。

同時に、夥《おびただ》しい量の精が、彼女の肉体の最深部に放たれる。

新三は、結合したまま横臥して、梢を背後から抱き締めた。美肉の痙攣《けいれん》が、衰えぬものの表面に伝わる。

胎児のように四肢《しし》を縮めて、梢は、半ば喪心《そうしん》していた。

そのあどけないような表情を眺めていると、新三は、胸の奥に、ほのかな灯《ともしび》のようなものを感じる。愛《いと》しさなのかも知れない。

新三は溜息《ためいき》をついて、梢の髪を撫でた。

三

翌朝、新三は、梢の作った朝餉《あさげ》を一緒に食べてから、彼女を浅草門の高札場《こうさつば》まで送っていった。冬の空は晴れわたっている。

娘兵法者は、名残り惜しそうに何度も振り向きながら遠ざかっていったが、足を引きずるような歩き方であった。

明け方に、自分から新三を求めて、激しく情交した余韻が、まだ、足腰に残っているのだろう。

家へ戻った新三は、仕事へは出ずに、台箱から出した髪結道具を、広げた布の上に並べた。

髱《たぼ》や鬢《びん》の膨らみを出すための髷棒《まげぼう》、荒櫛《あらぐし》や梳櫛《すきぐし》など黄楊《つげ》製の櫛が数種類、剃刀《かみそり》、砥石《といし》、元結《もとゆい》、鋏《はさみ》……それらを、丁寧に手入れしてゆく。

髪結本来の仕事とは関係ないが、道具の中には、象牙《ぞうげ》の耳掻《か》き棒もあった。

これで、やさしく耳をくじられると、どんな貞女でも呼吸が乱れてしまう。

髪は女の重要な性感帯のひとつで、それを新三のような美男子に触られていれば、自然と乙《おつ》な気分になる。

その上、耳掃除までされたら、まず、冷静でいられる女はいない。

耳自体が敏感な性感帯だし、そこの内部へ耳搔き棒が出入りするのは、性行為の暗喩《あんゆ》でもあるから、これで興奮しない方がおかしいのだ。

駿河大納言忠長自害の後、生きる目的を喪失した新三は、牢人《ろうにん》として関八州《かんはっしゅう》を流れ歩いた。

無頼《ぶらい》の生き方であった。

道場破りをしたり、賭場《どば》や遊女屋の用心棒をやったり、居酒屋の女将《おかみ》の情人《いろ》になったりして、ずいぶんと馬鹿な真似もした。強請《ゆす》り屋《や》同然の暮らしをしていた事もある。

人も斬った。

彼の昏い美貌にひかれて寄ってきた女たちは、若い娘から大年増《おおどしま》まで、選《よ》り好みせずに片っ端から喰《く》いまくった。数をこなしているうちに、閨《ねや》の技術も上達した。

耳搔き棒が、閨の道具として使えることを知ったのも、この時期である。彼にそれを教えたのは、お銀《ぎん》という女道中師《おんなどうちゅうし》だった。

道中師というのは、街中の掏摸《すり》を意味する〈懐中師《ふところし》〉と対《つい》になった言葉で、街道をゆく旅人の懐《ふところ》を狙う掏摸のことだ。

中仙道《なかせんどう》で、新三の財布をすろうとしたお銀は、当て身をくらって失神し、そのまま、林の中で背後の門を征服されたのである。

第二の貞操を奪われた妖艶《ようえん》な女賊は、新三の軍門に下って従順で可愛い情婦《いろ》になった。

二人は、爛《ただ》れたような生活を送った。

だが、お銀は、仲間を裏切って、宿場《しゅくば》荒らしの盗賊団と内通していたのである。

新三は、必然的に、その道中師一味と盗賊団との抗争に巻きこまれ、もう少しで凶状持ちの犯罪者になるところであった。お銀も、仲間に惨殺された。

それで江戸へ出てきたのだが、お銀の生前の「お前さんは指先が器用だから、髪結でも勤まりそうだね」という言葉を思い出して、廻《まわ》り髪結稼業を選んだのである。

今、使っている耳搔き棒は、その女道中師にもらったものであった……。

「っ！」

新三の左手が、畳の上の脇差をつかむのと、障子《しょうじ》を何かが突き破るのが、同時であった。

鋭い金属音がして、脇差の柄頭《つかがしら》に弾き飛《と》ばされたそれは、床の間の柱に突き刺さった。

昨夜、謎の刺客に、新三が放った小柄であった。

「……」

帯に脇差を落とした新三は、脇に避《よ》けて、さっと障子を開く。

裏庭に、そいつは立っていた。

対になった二連鎖鎌〈双月鎖〉を構えた、乱れ髪の小男である。

「昨夜の出逢いで今朝の再会とは、随分と性急な御仁《ごじん》だな」

縁側に出ながら、新三は言った。

「ふふ……手傷を負ったわしが、二、三日は姿を現すまいと、お前は思ったろう。まして、明るい内にとはな。その裏をかいてやったのよ」

小男は、分厚い唇を歪《ゆが》めて、得意そうに嗤う。

「なるほど。……で、まだ名前を聞いていなかったな」

新三は、裸足《はだし》のまま庭へ下りた。

「蟷螂《かまきり》――と呼ばれておる。渡世名《ふたつな》の由来は、説明するまでもなかろう。本当の名は、もう忘れた」

「忍びくずれか」

「……」

蟷螂と名乗った男は、わずかに首をかしげて、耳を澄ますような格好になった。

「……わしのような処刑人《ころしにん》には、過去はないのだ。今があるだけだ」

「処刑人……そういう呼称なのか。誰に、と訊いても答えまい。幾らで雇《やと》われた」

「前金で五十両」と蟷螂。

「今までで最高の報酬だが、お前が相手では、それでも安かったかも知れぬて」

両者は、じりじりと間合《まあい》をとって移動する。

新三は、足の裏から冷たい感触が這いのぼってくるのを感じた。

「俺の死に、五十両もの大金を投げ出す相手など、とても思い当たらぬがな。人違いではないのか」

「それはない。鷹見新三郎を殺してくれ――そう頼まれた」

蟷螂は、左右の鎖鎌を回転させた。

「髪結の新三ではなく、鷹見新三郎をと言ったのか……」

新三の表情が、かすかに曇った。

「もしや、雇い主は女ではあるまいな」

処刑人《ころしにん》の唇がめくれ上がり、乱杭歯《らんぐいば》がのぞいた。

「死にゆく者に何を語っても、無益じゃ。おとなしく地獄へ堕《お》ちよっ」

左手の鎌が飛んだ。が、同時に、新三は蟷螂の方へ走っていた。

左の鎌で新三の体勢を崩し、そこへ右の鎌を投げるという戦法を考えていた蟷螂は、投げられた鎌とすれ違うようにして飛びこんできた相手に、驚いた。

左の鎌を引き戻しつつ、右の鎌を横殴りに叩きつけようとしたが、左足の動きが遅れて、腰が泳いでしまう。昨夜、小柄が刺さったのは、左足だったのだ。

その乱れをついて、身を屈《かが》めた新三は、相手の左脇を通り抜けた。

二本の鎌が地面に落ちた。

「…………」

ややあって、蟷螂の右脇腹から、破裂したように臓腑《ぞうふ》と血が飛び出した。

小男は、朽《く》ち木《き》のように倒れる。

新三は、左逆手《さかて》に構えた脇差に、懐紙《かいし》で拭《ぬぐ》いをかけた。それから、脇差を手にしたままで、蟷螂に近づく。

「ふ……」

小男は力なく微笑《ほほえ》んだ。

「昨夜……こちらの手の内を見せすぎた……そういうことか……」

処刑人の両眼から輝きが消え、息が絶えた。

その時、

「――旦那っ」

裏木戸を開けて飛びこんできたのは、狸《たぬき》の置物みたいに肥満した中年男だ。

「おう。ご苦労だったな、親分」

新三は納刀《のうとう》した。

男は、新乗物町《しんのりものちょう》に住む岡《おか》っ引《ぴき》、弥太五郎《やたごろう》であった。家から走ってきたらしく、この寒さに汗をかいている。

「梢様から旦那の手紙をもらって、とりあえず、急いで駆けつけたんですが……ちょいと遅かったようですねえ」

新三は裏の裏をかいて、わざと自宅にいて蟷螂が狙いやすいようにした。そして、弥太五郎に頼んで、ひそかに自宅を見張って貰うつもりだったのである。

弥太五郎は手拭いで額の汗をふいてから、しゃがみこんで、蟷螂の懐や腰を調べた。

「さすが、玄人《くろうと》だ。身元の手がかりになりそうなものは、持っていないようです。こんな物騒なものを持って、他人の家に押しこんできたんだから、新三の旦那にはお咎《とが》めなしでしょうが……はて、雇い主を調べるのは、ちと骨ですな」

「それで頼みがある」

新三は、静かに言った。

「弥太五郎親分。ある女を捜して欲しいのだ――」

四

その牢人者は、破れ傘か案山子《かかし》のように痩せこけていた。

年齢は、四十近いのではないか。貧乏神のように貧相な顔つきだ。月代《さかやき》に中途半端《はんぱ》に髪が伸び、顎《あご》も無精髭《ぶしょうひげ》で覆《おお》われている。

継ぎ跡だらけの柿色の袷《あわせ》に黒の帯を締めて、大小を落とし差しにしている。鞘の塗りも、剝《は》げかけていた。

江戸・日本橋を起点とする東海道の第一番目の宿駅である、品川宿《しながわじゅく》。宿場は、中央を流れる川によって、南北に分かれている。

ここに架《か》かっている橋を、中の橋といい、日本橋から来て橋の手前が、歩行新《かちしん》宿《じゅく》と北品川宿。橋の向こう側が、南品川宿だ。

冬の午後だが、さすがに物流の主要街道だけあって、旅人だけではなく、荷物を乗せた牛や馬が多数、行き交っている。ぼやぼやしていると、踏み潰《つぶ》されそうだ。

尖《とが》った肩を寒そうに窄《すぼ》めながら、牢人は、中の橋の手前にある〈松鶴楼《しょうかくろう》〉という遊女屋へ、入った。

「へいっ、いらっしゃいまし……」

帳場にいた若い衆が、反射的に威勢のいい声を上げたが、牢人の身形《みなり》を見て、不審げな顔つきになる。勘次《かんじ》という名だ。

「お遊びですかい」

露骨に、この見世《みせ》に登楼するほど金は持っているのか——と疑う態度で勘次は訊いた。

張見世《はりみせ》に出ている遊女たちも、眉をひそめて牢人を見ている。

「ここに、美鈴《みすず》という妓《おんな》がいるだろう」

「ご牢人。うちは、品川宿でも上玉ばかりを揃えた指折りの大店《おおだな》でござんすよ」

頬骨の尖った勘次は、冷笑した。

「美鈴姐《ねえ》さんは、その中でも一番の売れっ子だ。夜鷹じゃあるまいし、三十文《もん》四十文で買えるもんじゃねえ。懐と、とっくり相談してから、出直されちゃいかがですか」

「いるのなら、よい。案内してもらおうか」

相手の皮肉が聞こえなかったかのように、牢人は、さっさと草履《ぞうり》を脱いで上がりこむ。

「わからねえ人だなあ。女が抱きたきゃ、腰のものでも売って銭を作ってきなっ」

勘次も立ち上がって、牢人者の薄い胸を突き飛ばそうとした。

次の瞬間――何をどうしたものか、勘次は顔面から土間《どま》に叩きつけられていた。

「ぐげっ」

断末魔《だんまつま》の豚のような呻きとともに、男は鼻血まみれで気絶してしまう。

妓たちが悲鳴をあげて、腰を浮かせる。

「どうしたっ」

奥から、二人の若い衆が走り出てきた。

「おっ、勘次！」

「てめえ、勘次に何をしやがった」

血相《けっそう》を変えて喚《わめ》く二人を眺めながら、痩せ牢人は、平然と顎髭を撫でまわす。

「美鈴という妓に取り次いでくれ。一寒《いっかん》が来た——とな」

「一貫《かん》だか二十貫だか知らねえが、松鶴楼で暴れた奴ァ、簀巻《すまき》にして袖《そで》ケ浦《がうら》へ放りこむのが定法《じょうほう》だっ」

「くたばりやがれっ」

二人は、腰の長脇差《ながどす》を抜き放つと、一寒と名乗った牢人者に斬りかかった。

が、一寒は、ふわりと軀を移動させて、二人の間をすり抜けてしまう。

音もなく彼らの背後に立った時には、いつ抜いたものか、大刀を右手に持っていた。

「……？」

ぽとりと二人の髷が足元に落ちて、残った髪が、ざんばらになった。

「ひ、ひぇぇ……」

若い衆は蒼白《そうはく》な顔になって、長脇差を放り出し、髷のなくなった頭を押さえる。

「髷の代わりに首を落としても良かったのだが……わしは、銭にもならぬ殺しは願い下げだ。命拾いしたな、若いの」

一寒は、薄笑いを浮かべる。

「――何事だね、騒々しい」

奥から、貫禄《かんろく》のある老人が出てきた。この松鶴楼の楼主、錦兵衛《きんべえ》だ。

錦兵衛は、抜き身の痩せ牢人と三人の若い衆の醜態に、さっと視線を走らせて、

「失礼だが、ご牢人は、もしや……〈肋《あばら》の一寒〉様じゃございませんか」

「ようやく、話のわかる人物が御出《おい》でになったようだな」

一寒は大刀を鞘に納めた。

「美鈴という妓に呼ばれて来た。案内してもらおうか――」

五

元和《げんな》三年――徳川幕府は、小田原牢人・庄司甚内《しょうじじんない》に、遊廓を造ることを許可した。

公許の売春窟〈吉原《よしわら》〉の誕生である。そこで働く妓たちは、公娼であった。

しかし、格式を重んじ料金も高額な吉原は、庶民や下級武士などが、気安く利用できる場所ではない。

それで、男たちが、もっと手軽に欲望を発散できる相手として、様々な私娼が市中に生まれた。

幕府に、年間二万両もの上納金をとられている吉原遊廓の廓主たちは、町奉行所を突ついて、この私娼を取り締まらせた。

しかし、圧倒的な規模の需要がある以上、いくら非合法な存在であっても、私的売春婦の根絶は不可能だ。

いや、そもそも――江戸時代に限らず、いつの時代であっても、庶民の性的欲求を、権力や特定の思想で完全管理することなど、不可能なのである……。

さらに吉原の廓主たちを悩ませたのは、四宿《ししゅく》――すなわち、品川・新宿《しんじゅく》・千《せん》住《じゅ》・板橋《いたばし》という宿駅にいる遊女たちであった。

幕府は、五街道の宿駅に、公用の人足《にんそく》や足伝馬《あしでんま》の費用を負担させていた。その見返りとして、旅籠《はたご》に飯盛女《めしもりおんな》という名目の私娼を置くことを、黙認している。

それが、江戸の周辺部にある四宿には、旅人だけではなく、次第に、江戸者が気軽に遊びにくるようになった。

四宿の中でも、特に栄えたのが品川宿で、非合法ながら、今では、ほとんど遊廓のような賑わいであった。

現代の性風俗産業でも同じだが——品川宿には、表向きは旅籠の看板を出しながら、その実態は遊女屋という店が軒を列《つら》ねていた。

松鶴楼は、その中でも老舗《しにせ》であり、構えも大きい。かかえている遊女も多く、中でも一番人気なのが、二カ月ほど前に入ったばかりの美鈴という遊女であった。

一寒という牢人者は、店の奥にある美鈴の座敷へ、丁重に通された。

「——御酒を」

「ん？」

「御酒を用意させましょうか」

美鈴の言葉に、胡坐をかいた一寒は、かぶりを振る。大刀は、まるで百姓が鍬《くわ》を担《かつ》いでいるように、左肩に立てかけていた。

「構わんでくれ。わしは、これでいい」

菓子皿に山盛りになった沙《い》り干《ぼ》しを、ぽりぽりと齧《かじ》りながら、牢人は、茶を飲む。

「知っておるかな。小魚の干したのを丸齧りすると、骨が強く丈夫になるそうじゃ」

「………」

「この蕪木《かぶらぎ》一寒、肋の一寒という渡世名《ふたつな》どおりに、肋骨が数えられるほど痩せておる。こうやって、始終、小魚を齧っておらんと、か細い骨がぽっきりと折れてしまわんかと、心配でなあ。は、はは」

「でも……処刑人《ころしにん》としての腕前は、名人の部類とお聞きしております」

美鈴は、時候の挨拶をするような、静かな口調で言った。

二十歳《はたち》前後か。薄化粧をしているが、清楚《せいそ》とすら言える面立《おもだ》ちである。黒目がちの大きな目が印象的だ。

吉原遊廓では、薄雲《うすぐも》とか小紫《こむらさき》とか源氏名《げんじな》を使うが、品川女郎《じょろう》は、普通の武家《ぶけ》風《ふう》の女名前を使っている。

「まあな。わたしのことは、誰に訊いた」

「鋳掛《いか》け屋《や》の五郎太《ごろうた》さんです」

美鈴は、他の遊女のように安っぽい媚態は、まるで見せなかった。逆に、それが客の人気を呼んでいるのかも知れない。

「ああ、いごて五郎《ごろ》の奴か。だが、遊女屋に呼ばれて仕事を受けるのは、これが初めてだぞ。お前さんも、思い切ったことをするな」

「わたくしは、ここに来て日が浅いので、外出は一切、許されておりませぬ。それゆえ、一寒様に、ご足労をいただきました」

「お主《ぬし》、武家の出《で》らしいが、遊女になるには余程の理由が……おっと、野暮《やぼ》を言ったな。ははは、勘弁してくれ」

蕪木一寒は、ぐびりと茶を飲んで、

「さて――では、依頼の内容を伺おうかな。誰を殺《や》るね」

陰惨な金壺眼《かなつぼまなこ》で、美鈴を見つめる。

「天王町に住む牢人で、鷹見新三郎という方を」

美貌の遊女は、抑揚のない声で言った。

「ふむ……天王町……天王町……と。三日ばかり前に、天王町で、牢人の家に押し入った盗人《ぬすっと》が、主人《あるじ》に斬り殺されるという事件があったな」

「……………」

「盗人というが、本当は、蟷螂の渡世名《ふたつな》で知られた凄腕の処刑人《ころしにん》だった。斬った主人は、たしか廻り髪結の……ふうむ。蟷螂を雇ったのは、お主か」

「……………」

美鈴は瞬《まばた》きもせずに、一寒を見返す。

「まあ、いい。鷹見という奴は、かなりの遣い手らしいな。これは安くならんぞ」

傍《かたわ》らに置いていた服紗《ふくさ》の包みを、美鈴は、一寒の方へ差し出した。

貧乏神のような処刑人は、大刀の鞘の先端で、その服紗を開く。中身は、二十五両の小判の包みが二つ。

蕪木一寒は、にっと微笑した。

「よかろう。これだけ貰えば、殺しの理由を訊くような不粋《ぶすい》な真似はせぬ」

「仕事のやり方についてですが、一つだけお願いがございます」

「聞こうか」

そう言った一寒の顔が、さっと険しくなった。

ぎろりと障子の方を見ながら、口調だけは呑気《のんき》そうなままで、

「首斬りが望みか、胴斬りが望みか。それとも、頭の天辺から股倉《またぐら》まで、真《ま》っ向《こ》う唐竹割《からたけわ》りにするかね。この一寒、お望みのままに料理して差し上げる。おっと、これでは香具師《やし》の口上と大差ないのう、はっはっは」

喋《しゃべ》りながら、一寒は、大刀を音もなく抜き放っていた。双肩から殺気が立ち昇る。

美鈴は、さすがに顔を強《こわ》ばらせていた。

「それで、お主の望みとやらは……」

片膝立ちになった一寒は、無言の気合とともに、障子に向かって片手突きを繰り出した。

が、その切っ先が障子紙に達しないうちに、障子がさっと開かれたのである。

「おっと……これは物騒な」

その男は、喉元《のどもと》の手前で止まった太刀を見て、驚いたように言った。

大柄で、筋骨逞しい牢人者である。総髪に茶筅髷を結い、肌は漁師のように浅黒く、精力的な風貌をしている。

左目には、赤銅《しゃくどう》の鍔《つば》に細鎖をつけた眼帯をしていた。

「何か用か」と一寒。

隻眼《せきがん》の牢人は、邪気のない笑いを浮かべ、

「どうやら、座敷を間違えたらしい。いや、ご無礼したな」

ぺこりと頭を下げると、そのまま、廊下を歩き去った。

「客かね」

納刀しながら、一寒が訊く。

「はい……五日ほど前から、香苗さんのところに居続けをなさっている、お客です」

わずかに唇を震わせて、美鈴は答えた。

「ふん……剣呑《けんのん》な眼をしてやがる」

再び胡坐をかいて、蕪木一寒は言った。

「で――どんな望みだな」

六

翌日の夕刻――鉛色の空の下を、人々は忙《せわ》しげに行き交っていた。

往来に面した居酒屋や料理屋の看板提燈《かんばんちょうちん》には、次々と灯《ひ》がともされてゆく。

着流しに羽織姿の新三は、金杉橋《かなすぎばし》を渡り、南へ歩いていた。金杉橋を越えると、そこは江戸府外である。

新三の端正な面《おもて》には、微妙な緊張の色がある。懐が、重そうに膨らんでいた。

やがて、松鶴楼の前に来た彼は、客引きの遣手婆《やりてばば》ァに、

「美鈴という妓に文《ふみ》をもらった者だが」

「へえ……あの、鷹見様で？」

「うむ」

「そうですか。姐さんが、えらく待ち兼ねてらっしゃいますよ。どうぞ、こちらへ」

たっぷりと心付けを握らされていたらしく、遣手婆ァは気味の悪い愛想笑いを浮かべて、新三を案内する。

奥の座敷で、美鈴を見た新三の目には、安堵《あんど》と哀《かな》しみの色が、同時に浮かんだ。

「お久しぶりでございます、新三郎様」

両手をついて、美鈴は丁寧に挨拶する。その瞳は心なしか潤んでいた。

「息災《そくさい》で……何よりでした、静香《しずか》殿」

秋本《あきもと》静香――鷹見新三郎の、かつての許婚《いいなずけ》であった。

新三が駿河大納言忠長に仕えていた頃、同じ家臣の中に秋本庄久郎《しょうくろう》という男がいた。

一刀流の猛者《もさ》で、二歳年上の庄九郎と新三は、なぜか気が合い親友となった。

そして、ごく自然に、庄九郎の妹の静香と親密になり、夫婦約束をしたのである。

しかし、幕閣の重臣たちは、現将軍家光を擁護するあまり、実弟の忠長を政治的に追いつめていった。

そして、ついに、二人の父親の秀忠《ひでただ》が没すると、忠長を改易《かいえき》にしてしまったのである。

上野高崎《こうずけたかさき》城主・安藤右京進重長《あんどううきょうのしんしげなが》にお預けとなった忠長には、ただ一人だけ、近侍がつくことが許された。最も忠長の信頼の厚く、また無尽流抜刀術《むじんりゅうばっとうじゅつ》の達人でもある新三が、その役目を仰せつかった。

が、それ以外の家臣たちは、浪々の身となり、家族ともども各地へ散ったのである。

当然、新三と静香は、別れの言葉をかわす暇《ひま》もなく、離ればなれとなった。

二人が、偶然に江戸で再会したのは、それから五年後――今年の秋のことであった。

婚約者の面影が忘れられず、ずっと大事に守り続けてきた純潔を、十九歳の美女は、新三に捧げたのであった。

しかし――運命は、またも、この男女に幸福を与えなかった。

秋本庄九郎は、凶悪無惨《むざん》な強盗団〈六道組〉の一味になっていたのである。それを新三に知られた庄九郎は、彼を待ち伏せした。

仲間たちに殺させるくらいならば、自分の手で、新三を斬りたかったのである。

五年ぶりに顔を合わせた親友同士が、三日月の下で立ち合い、そして、庄九郎の方が倒れた。

新三の通報によって、六道組は全員が捕縛され、後に処刑された。だが、庄九郎の住居を尋ねてみても、静香の姿はなかった。

それから三カ月近くも、新三は、静香の消息を知ることが出来なかった。

ところが、今日の正午すぎに、品川宿の松鶴楼から来た若い衆が、美鈴という遊女からの手紙を、彼に渡したのである。

その内容は、自分が秋本静香であることを明かして、一目《ひとめ》お逢いしたい……というものであった。

「静香殿」と新三は問うた。

「ここの前借金は、いかほどですか」

「……主人の錦兵衛殿は、わたくしに、百両という値をつけられました」

美鈴――静香は、自嘲《じちょう》するように唇の端を吊り上げる。

「では、これで足りますな」

新三は、懐から風呂敷包みを取り出して、静香の前に置いた。

広げると、二十五両の小判の包みが五個あるから、全部で百二十五両である。

「新三郎様、このような大金を……」

「有金残らず掻き集めて、さる旗本屋敷の賭場へ行きました。勝ったり負けたりの繰り返しでしたが、明け方までに、ようやく、この金額にまでなったのです。二日前のことですがね」

「二日前……？　わたくしが文を差し上げる前に、この金子《きんす》を、ご用意なさっていたのでございますか」

「その理由は──」

新三は、ちらりと、次の間との境の襖《ふすま》に目をやってから、

「あなたが一番、よくご存じのはずです。静香殿」

静香の驚きの表情が、日が陰《かげ》るように、ゆっくりと深い諦《あきら》めへと変化した。

「……さすがは、新三郎様。あの蟷螂という男を雇ったのが、わたくしだと気づかれたのですね。そして……女が処刑人《ころしにん》を雇う金子を用意するためには、苦界《くがい》に身を沈める以外に手はないと推理なさった……怖いほどに鋭い御方《おかた》……」

「蟷螂は、鷹見新三郎を殺せと頼まれた──と言った」

淡々とした声音《こわね》で、新三は言う。

「髪結の新三ではなく、牢人の鷹見新三郎とね。そのような人物は、私には、一人しか思い当たらなかったのだ」

「………」

暗くなった裏通りを、汁粉《しるこ》売りが流している声が、窓の障子越しに聞こえた。

「私は庄九郎を、あなたの兄上を斬った。事情はどうあろうと、斬ったことにかわりはない」

「…………」

「あなたが仇討《あだう》ちを考えたのは、武家の女として当然のこと。金で処刑人を雇ったのも、女性《にょしょう》であれば、卑怯《ひきょう》とは言えまい。だが……私のために静香殿がここにいる事は、断じて堪《た》えられぬ」

「――新三郎様」

「身軽になってここを出てから、改めて、私の命を狙うなり何なり、好きになさい。では主に会ってくる」

立ち上がろうとした新三の膝に、静香は身を投げかけた。

七

「静香殿……？」

「お情けを……それが、今の静香の望みでございますっ」

新三の胸にぶつかる女の声は、火のように熱かった。

そのまま、彼を押し倒して、大胆にも、激しく接吻を求める。新三は、邪魔にならぬように帯から脇差を抜いて、傍らに置いた。

舌を絡めながら、静香は、新三の衿元《えりもと》を開いた。そして、繊手《せんしゅ》で胸板を撫でまわす。

甘味処《かんみどころ》の二階で、震えながら新三に処女を捧げた時とは、別人のような態度である。

客をとった二カ月という時間が、静香の肉体を成熟させたのではあろうが。

「私が憎くはないのか……」

静香の唇が、喉の方へ移動すると、天井を見上げた新三が、ぽつりと言った。

「憎い……憎うございます。兄の死を聞いた時から、新三郎様が憎くて憎くて……」

狂おしげに、静香は、彼の厚い胸に唇を這わせる。泣いていた。

「所詮《しょせん》は、添い遂《と》げられぬ仇敵の間柄……それゆえに、わたくしは……」

突然、次の間への襖が、さっと開かれた。

その時、同時に二つのことが起こった。

次の間から飛び出してくるはずの、抜き身を手にした蕪木一寒が、敷居際で躓《つまず》き、体勢を崩したのである。

それと同時に、新三は、しがみつこうとした静香の軀を、右側へ転がしていた。

「ぬおおっ」

あせった一寒は、大刀を諸手《もろて》突《づ》きにした。

静香の希望で、絶対にし損じがないように、抱き合っている二人を重ね刺しにするという作戦だった。つまり、静香は、自分の命を捨てて、新三を倒そうとしたのであった。

新三は、左手で脇差をつかむと、一回転して一寒の突きをかわす。

立ち上がろうとした新三の肩口に、一寒は斜めに斬りこんだ。

がっと音がして、刺客の刃《やいば》は、新三が顔の前に構えた脇差の鞘に喰いこむ。

一寒が、このまま押すか引くか迷った、わずかの隙《すき》に、新三は左の親指で鯉口を切り、右手で脇差を引き抜いた。

「ちっ」

一寒は、ぱっと後ろへ跳《と》んだ。

その顔面に、新三は、空《から》になった鞘を投げつける。反射的に、一寒は、それを太刀で払った。

その瞬間、新三は右手の脇差を左の逆手に持ちかえると、素早く踏みこむ。

一寒と新三の位置が、入れかわった。

枯れ木のように痩せた牢人は、がくっと畳に両膝をつく。

「左の逆手……？　そんな話は……聞いて……いなかったぞ……」

啞然《あぜん》とした顔で呟いたその喉元が、ぱかっと半月の形に口を開いた。

そこから噴出した鮮血が、座敷の半分を血の海にする。そこへ、絶命した一寒は倒れこんだ。

「――ほほう、大した腕だな」

廊下の方から、声がかかった。

いつの間にか障子が開け放たれ、例の隻眼の牢人者が、そこに立っていた。

黒っぽい打裂羽織《ぶっさきばおり》に裁着袴《たっつけばかま》という姿で、大小を腰に落としている。

「お主の助太刀《すけだち》のおかげだ」

左手に抜き身を下げたままで、新三は言う。

「助太刀……ふふ、よく気づいたな」

隻眼牢人は、にやりと嗤った。

「たしかに、廊下から障子越しに、小さな石を投げてやった。それが奴の踵《かかと》に当たって、体勢を崩したのだがな。だが……どっちにしても、勝負はお主のものであったよ」

「礼を言っておこう」

「いやいや、その必要はない。なぜなら、この場で、俺と立合《たちあ》ってもらうからだ」

「お主と？」

新三は眉をひそめた。

「そうだ。俺は強い奴を見ると、嬉しくて嬉しくて、鼻のまわりがむずむずしてくる。――さあ、来いっ」

牢人は廊下を後ずさって、大刀の柄に手をかけた。全身から、わらわらと濃厚な闘気《とうき》が立ちのぼる。

「無体《むたい》な……」

呟きつつ、新三は、廊下へ出る。静香は座敷の隅で、放心したように蹲っていた。

その時、廓主の錦兵衛と若い衆が、こちらへ走ってきた。

「な、何の騒ぎだっ？」

「静まれぇ！」

隻眼牢人が、ずっしりと腹に響く声で叫んだ。

「無法な無頼漢が、酔って鷹見新三郎殿に斬りかかり、鷹見殿は自分の身を守るために斬り捨てた。その一部始終、たしかに拙者《せっしゃ》が目撃したぞ。騒ぐでない」

「何を偉そうに……」

「将軍家兵法指南役《しなんやく》の柳生《やぎゅう》但馬守《たじまのかみ》が嫡子《ちゃくし》、柳生十兵衛《じゅうべえ》の言葉が信じられぬと申すかっ」

「柳生――」

新三は目を見張った。

これが、父の但馬守を凌《しの》ぎ、祖父の石舟斎《せきしゅうさい》の生まれ変わりと讃《たた》えられる、柳生一門の天才児なのか。〈梟雄《きょうゆう》〉とすら言われている。

寛永三年に、家光の勘気《かんき》をこうむって、以来、柳生庄に蟄居《ちっきょ》の身と聞いていたが、出仕《しゅっし》を許されたのであろうか。

「柳生様のご嫡男《ちゃくなん》……し、失礼いたしましたあっ」

錦兵衛たちは、あわてふためいて、廊下に平蜘蛛《ひらぐも》のように這いつくばった。

新三の注意がそちらに逸《そ》れた時、座敷の隅から小さな呻き声が上がった。

「っ！」

全身の血が逆流するような思いで、新三は、蹲っている静香に飛びつく。

が、すでに遅く、隠し持っていた懐剣で、静香は、自分の胸を突いていた。即死だ。

「静香……静香殿……」

新三は、わなわなと軀が震えるのを、止めることが出来なかった。

「──人は誰しも、心の中に暗闇をかかえておる」

柳生十兵衛は、腕組みをして言った。闘気は失《う》せている。

「だが、闇のそのまた奥に、本人にも気づかぬ小さな灯がともっていることもある。その女性《にょしょう》も……憎しみの奥で、まだ、お主に惚《ほ》れていたようだな」

「呑気なことを！　大金かけた妓に自殺されては、こっちは上がったりでございますよ！　美鈴の恩知らずめがっ」

錦兵衛が、憎々しげに毒づいた。

「受け取れっ」

新三は、風呂敷包みを、その胸元に投げつける。

廓主は、背後へ引っくりかえった。紙包みが破れて、黄金色の小判が勢いよく散った。

「それで、もう、静香は遊女ではない。よいなっ」

「へ、へいっ、へいっ」

錦兵衛たちは、卑屈に頭を下げながら、散らばった小判を掻き集める。

新三は静香の亡骸《なきがら》を抱き上げた。

柳生十兵衛は、黙って道を明ける。

許嫁を抱きかかえて外へ出ると、白い雪が音もなく降っていた。初雪であった。

(静香は、俺と一緒に死にたかったのだ……一緒に死んで欲しかったのだ……)

力なく、歩き始めた。

さらに凄惨《せいさん》な翳を背負った新三の肩に、純白の雪が無心に積もってゆく。

事件ノ四　黒髪悲恋《ひれん》

一

長谷川梢《はせがわこずえ》は、男の広い胸に頭を乗せて、彼の心《しん》の臓《ぞう》の鼓動を聞いていた。

梢は全裸であった。

肌襦袢《はだじゅばん》も下袴《したばかま》も全て脱ぎ捨てて、生まれたままの姿で、男の軀《からだ》にすがりついている。

男――鷹見新三郎《たかみしんざぶろう》もまた、素裸だった。

甘い容貌の優男《やさおとこ》なのに、着物を着ている時には予想もできないほど、筋骨が逞《たくま》しく発達している。目を閉じて仰臥している彼の左腕は、梢の肩を抱いていた。

寛永《かんえい》十六年一月半《なか》ばの午後――天王町《てんのうちょう》にある新三《しんざ》の家であった。

隅には丸火鉢があり、座敷の中は暖かい。

白い蒸気を吹く薬鑵《やかん》が、ちんちんと澄んだ音を立てている。

障子《しょうじ》一枚向こうの寒気は、夜具の中にいる二人には、無縁のものであった。

裏庭の塀の外からは、寒さに負けずに独楽廻《こままわ》しに興じる子供たちの歓声が、聞こえてきた。

（なんて不思議なのだろう……）

梢は、閨事《ねやごと》の後のとろりとした気怠《けだる》さの中で、とりとめもない想いに心を漂わせていた。

（殿方《とのがた》を好きになると、気持ちが普通ではなくなってしまう。新三郎様の髪の匂いも、肌の感触も、心の臓の音までも……何もかもが、愛《いと》しくて愛しくて、たまらなくなる）

分厚い胸筋に、梢は、仔猫のように頬をすりつけて、

（私がおかしいのかしら。他の女人《ひと》も皆、こうなるのだろうか……）

彼女は、数カ月前――卑怯《ひきょう》な手段で殺された父親の仇敵《かたき》を、新三の手助けで、見事に討つことが出来た。

その時から、長谷川梢は、身も心も新三に捧げ尽くしている。

初めての時から、新三の巧みな閨業《ねやわざ》に酔わされた梢であったが、彼に抱かれれ

ば抱かれるほどに、悦楽の海は深く広くなり、果てしがない。

（こんなにも好色だったなんて……）

先ほどまでの自分の狂態を思い出すと、思わず、頬が赤らんでしまう梢であった。

堪《こら》えよう堪えようとしながらも、あまりにも激しく肉体を揺さぶる大波に、つい、甘い悲鳴が洩れるのだ。

裏通りの子供たちに、自分の悦声《よがりごえ》が聞こえたのではないか——と梢は、耳まで火照《ほて》らせた。

座位で新三に貫かれ、真下から突き上げられた情交の余韻が、まだ、局部に軽い痺《しび》れのように残っている。

（このまま、ずっと新三郎様に抱かれていられたら……どんなに幸せだろう……）

女髷《おんなまげ》ではなく、若衆のように弾《はじ》き茶筅《ちゃせん》にまとめた髪を、背中に長く垂らしている。襖《ふすま》の前には、菫色《すみれいろ》の袴《はかま》が脱ぎ捨てられていた。

伊吹新流《いぶきしんりゅう》の達人・長谷川久蔵《きゅうぞう》の一人娘である梢は、幼い時から、父に剣の手《て》解《ほど》きを受けてきた。そのため、十九歳の今では、並の武士では歯がたたぬほどの腕前であった。

男装の梢は、赤坂《あかさか》にある伊吹新流の村岡《むらおか》道場で、〈師範代格《しはんだいかく》〉という扱いになっていた。新三の頼みで、旗本肝煎《はたもときもいり》の大久保彦左衛門《おおくぼひこざえもん》が紹介してくれたのである。

梢は出稽古《でげいこ》専門で、旗本屋敷へ赴《おもむ》き、そこの娘や女奉公人《ほうこうにん》などに武芸を教える。屋敷の主人は、女兵法者《ひょうほうしゃ》ならば、娘たちと間違いを起こす心配もないから安心だ。

それに、男の格好をした梢のいささか倒錯的な魅力は、屋敷の娘たちに人気が高く、評判は上々であった。

村岡道場には、梢以外に、高弟《こうてい》が二人いる。彼らは、梢と立ち合えば、まず、三本に一本は確実に取られるだろう。

女の梢に負けては、彼らの立場がないので、梢は出稽古専門になり、道場にはあまり近づかないようにしているのだった。

氷川《ひかわ》神社の裏手に小さな家を借りて、出稽古のない日には、近所の子供たちに読み書きを教えている。

本当は、この家で新三と一緒に暮らしたいのだが、それを口にした瞬間に、二人の仲が壊れてしまいそうで、とても言えない。

新三の瞳に宿る硬質の光が、その奥に灯《とも》る鬼火《おにび》のような揺らめきが、無言のうちに、梢の言葉を封じているのだった。

（この方《かた》は……妻《めと》を娶り子を慈《いつく》しむというような穏やかな人生を、とうに捨て去っている……こうやって、時々、可愛がっていただけるだけでも、梢は幸せと思わなければ……）

乳房の奥に疼《うず》く恋心を押さえつけて、彼女が細い溜息《ためいき》を洩らした時——表に人の気配がした。

「——鷹見新三郎様のお宅は、こちらでございましょうか」

梢は、あわてて肌襦袢を引き寄せたが、それよりも早く新三が身を起こした。

少し待つように——と声をかけると、手早く身支度をして、玄関の方へゆく。

新三が襖を閉じると、梢は夜具から滑り出た。秘部の奥から、生暖かいものが流れだす感触に、すぐに桜紙を、そこへあてがう。

丁寧に後始末したつもりであったが、まだ、新三の射出した精が残っていたのだ。

愛する男の胤《たね》を宿したいという女の本能が、微妙な肉体の動きとなって、それを保存していたのかも知れない。

衣擦《きぬず》れの音を立てないようにして、梢は身支度をした。

髪の乱れも直し、ふと気づいて、裏庭に面した障子を一寸《すん》ほど開ける。濃厚な媾合《こうごう》の匂いが、座敷に残っていたからだ。

夜具を直して、襖の向こうを窺《うかが》ったが、来客ではないようであった。

「――新三郎様、宜《よろ》しゅうございますか」

声をかけたが返事がない。

そっと襖を開けると、新三は、読んでいた文《ふみ》を元に戻していたところだった。

「飛脚《ひきゃく》だったよ」

「まあ、どこからのお手紙ですの」

「高崎《たかさき》からだ。いや、大した用件ではない」

そう言って、新三は、文を懐《ふところ》にしまう。

まさか女人《にょにん》からの手紙では――という問いを呑《の》みこんで、長谷川梢は、無理に平静を装った。

「あの……お茶でもお淹《い》れしましょうか」

「そうだな。頼む」

頷《うなず》いた新三の目は、何か思案しているようであった。

二

「新三の旦那。どうも、ご無沙汰してます。へっへっへ」

翌日の午後――新三が、瀬戸物町《せともののちょう》の〈白子屋《しらこ》〉から、髪結《かみゆい》の仕事を終えて出てきたところを、顔見知りの伊造《いぞう》に声をかけられた。

「ずっと、ご無沙汰のままの方が助かる」

「こりゃまた、きついお言葉ですね。新三の旦那も、意外とお口が悪い。へっへっへ」

三十過ぎだというのに、未だに定職にもつかず嫁も貰わず、使いっ走りのような半端《はんぱ》仕事をして暮らしているという、生活も容貌も人格も薄っぺらな男だ。

「半年前に、袋叩きになってるのを旦那に命を助けてもらって以来、あっしは毎日、朝晩必ず、天王町の方を向いて、拝んでるんですぜ」

「相手が、賭場《どば》の借金取りだと知ってたら、助けるのではなかったよ」

新三は、素っ気ない口調で言う。

ようやく、陽の光に暖かみが増してきたというのに、伊造のために、往来の空気が濁ったような気がする。

「実は、旦那に会いたいという御方《おかた》が、ついそこの料理屋で、お待ちになってるんですがね。ちょいとお付き合いくださいな」

蛙《かえる》の面《つら》に何とかで、新三の辛辣《しんらつ》な言葉にもめげずに、伊造は揉《も》み手《で》で誘う。

「私に会いたいなどと粋狂なことを言うのは、どこの誰だ」

「ご存じでしょう。本所元町《ほんじょもとまち》の治兵衛《じへえ》親分。どうしても、旦那とお近づきになりてえって、そりゃもう、大変なご執心で。へへへ」

本所元町の治兵衛といえば、大名や旗本に人足《にんそく》などを世話する口入《くちい》れ屋《や》として、有名な男だが、江戸の暗黒街との繫《つな》がりもある。

荒っぽい人足や中間《ちゅうげん》を相手にし、武家《ぶけ》の揉め事の後始末まで頼まれる稼業だから、自然に裏の世界と関係が生じたのだろう。

「その治兵衛親分が、私のような牢人《ろうにん》髪結に何の用だね」

「それは、親分に会って、直《じか》にお聞きになってくださいな。頼みますよ。ね？」

あまりにも伊造が執拗《しつよう》なので、断るのが面倒になった新三は、その料理屋まで行くことにした。

「――これは、新三の旦那。お呼び立てして、申し訳ございません。さ、奥へ」

口入れ屋の治兵衛は、四十前後だった。

背丈は並だが、でっぷりと太った肥満体で、首の周囲にも分厚く贅肉《ぜいにく》がつき、そこに顎《あご》が埋まっている。

目と鼻と口が極度に小さく、まるで、出来損ないの雪達磨《ゆきだるま》といった風貌だ。

駄賃をもらった伊造は、すぐに引っこんで、新三は治兵衛と差し向かいになる。

すでに酒肴《しゅこう》は用意してあった。

「旦那は、いける口でございましょう。まずは、一献《いっこん》」

新三は、逆らわずにそれを飲み干してから、

「では、治兵衛親分。私への用事というのを、聞かせてもらおうか。これ以上の杯《さかずき》は、それを聞いた後のことだ」

「さすがに、ご牢人だ。そこら辺の野郎どものように、酒に卑《いや》しくはねえ。まずは、これを――」

治兵衛は風呂敷包みを開けて、中の箱を新三の方へ差し出す。

「ご覧になってくだざいまし」

能面でも納めるような大きさの、桐の箱であった。それに手を伸ばした新三は、

「……」

わずかに眉をしかめる。

次の瞬間、新三は、その箱を放り上げた。

そして、目に止まらぬ迅《はや》さで脇差《わきざし》を抜くと、空中の箱を斬る。

がたっと両断された箱が、畳の上に落ちて転がった。そして、これも二つに断ち斬られた蝮《まむし》が、切断面から血を流しながら、苦しげにのたうつ。

生ぐさい臭気が、むわっと周囲に広がった。

「治兵衛……何の真似だ、これは」

片膝立ちで、右手に抜き身の脇差を構えたまま、新三は問う。肩から、陽炎《かげろう》のように殺気が立ちのぼった。

「まあまあ、落ち着いてくださいな」

笑みを絶やさずに、治兵衛は右手で、ひょいと蝮の頭をつかんだ。毒蛇は、後ろ半分を失った胴体を、くねくねと動かしている。

治兵衛は、その胴を左手でつかむと、器用に血を絞り出した。血を抜かれた蝮は、急にぐったりとして動かなくなる。

杯に溜まった蝮の生き血を、治兵衛は、きゅっと干して、ぺろりと舌舐《したな》めずりをする。

「ふふ。精力をつけるのには、こいつが一番でしてね」

「それ以上、精力をつけてどうする」

毒気を抜かれた新三は、脇差を拭《ぬぐ》って鞘《さや》に納めた。

治兵衛が手を叩くと、乾分《こぶん》らしい若い衆が来て、すぐに箱や蛇の死骸を片付ける。

「もうお察しと思いますが、旦那の腕試しをさせていただきました」

「……」

「牢人髪結の鷹見新三郎様……脇差居合《いあい》の達人として、わたくしどもの稼業では有名でしてね。その腕を見こんで、お願いしたい事がございます。それをお話しする前に、伺いたいのですが……箱の中に蝮が入っているのが、どうして、おわかりになりました」

新三は黙って杯を干してから、

「――においだ」

「におい？」

蛇というのは生臭い生きものだが、とりわけ、蝮は臭気が強い。

まして、狭い箱の中に閉じこめられた蝮は、苛立《いらだ》って、余計に強いにおいを発していた。

新三は、蓋《ふた》の隙間《すきま》から洩れているそれに気づいたのだった。

「なるほど。さすが達人ですな」

治兵衛は、感心したように頷く。

「大したことではない。猟師は山の中で、半町先《はんちょうさき》の蝮のにおいも嗅《か》ぎつけるというぞ」

「ご謙遜《けんそん》を……これなら、治兵衛、お願いのし甲斐《がい》があるというもの。実は、試合をしていただきたいのでございます」

闇《やみ》試合――と治兵衛は言った。

明日の夜、本所にある空き屋敷の庭で、兵法者と真剣の立合《たちあい》をしてもらいたい。

その試合を、ある身分の高い武士が見届けるというわけだ。

「見届ける？　ふん、つまりは観世物《みせもの》だな」

「太平の世の中でございますからな。お武家と言えども、戦《いく》さ場《ば》どころか、斬り合いの経験すらない方が、大半でございます。それでは、一朝事起こりし時に役に立たぬ、是非《ぜひ》とも一流の兵法者の立合を見て、実戦の雰囲気を味わいたい――

という御希望でして」

「実戦が所望《しょもう》ならば、竹槍《やり》を担《かつ》いで熊のいる山へでも入ることだ。厭《いや》というほど、実戦の雰囲気が味わえるぞ。無事には帰れぬかも知れんがな」

新三は、皮肉っぽく唇を歪《ゆが》めた。

「五十両――それが試合料でございます」

ずばりと治兵衛は言う。

「………」

黙りこんだ相手を見て、治兵衛は、小判の包み二つを差し出し、さらに覆《おお》いかぶせるように、

「勝った方には、さらに五十両が上乗せされます。合計、百両。ご牢人にとっては、少ない金額ではございますまい。お引き受けいただけますね、旦那」

ややあって――新三は顔を上げた。

「条件がある。互いの刀は、刃引《はび》きにしてもらいたい」

「………」

今度は、治兵衛の方が黙りこむ番であった。

「私は、殺し屋ではないからな。金のために、恨みも何もない相手を斬るのは御

免だ。この条件が通らぬならば、私は断る」

治兵衛は渋面《しぶづら》になって、

「わかりました。その条件を呑みましょう……いや、先方に呑んでいただきます」

「用件はそれだけだな」

新三は、小判を受け取って立ち上がった。

「明日の晩は、天王町の家に、迎えをよこしてくれ」

それだけ言って、すぐに座敷を出る。

これ以上、同じ座敷の中にいると、治兵衛を斬ってしまいそうだったからだ。

三

料理屋を出た新三は、この男にしては珍しく、往来の端に苦い唾《つば》を吐いた。

治兵衛の依頼を断り切れなかった自分に腹を立てながら、右手に台箱を下げて、両国広小路《りょうごくひろこうじ》の方へゆく。

奉公人が休みになる藪入《やぶい》りの時期なので、普段の三割増しになっているのではないかと思えるほど、往来をゆく人々が多い。

その雑踏の中を、色とりどりの凧《たこ》をいっぱいに入れた一斗樽《いっとだる》ほどもある大きな渋紙張りの籠《かご》を、天秤棒《てんびんぼう》の前後に下げて、凧売りが歩いていた。

風呂敷包みを手にして、扇屋から出てきた女が、新三の姿を見て足を止めた。

長身で質素な身形《みなり》をしたその女は、彼に会釈する。

「ご無沙汰いたしております、鷹見様」

新三は渋面を消して、微笑を浮かべた。

「いや、こちらこそ」

「ここで、お目にかかれて良うございました」

女も、化粧っ気のない顔に、明るい笑みを浮かべる。取り立てて美人とは言えないが、嫌味のない清々《すがすが》しい容貌だ。

名は、珠絵《たまえ》という。昨年の春に病死した、牢人・春日参右衛門《かすがさんえもん》の娘であった。

神田明神《かんだみょうじん》の門前町にある恵比寿長屋《えびすながや》に、弟の京之助《きょうのすけ》と一緒に住んでいる。

「鷹見様のお宅に早く、ご報告に伺わなければと、思っておりましたところで」

「報告というと……」

新三は、通行の邪魔にならないように、庇《ひさし》の下にさがった。珠絵も、それに倣《なら》って、

「はい。弟の皆川藩《みながわはん》への帰参が、正式に決定いたしました」

「おお、それは目出度《めでた》い」

我が事のように、新三も喜ぶ。

春日姉弟の亡父である参右衛門は、十年前、西国《さいごく》の皆川藩の納戸《なんど》同心《どうしん》であった。

その頃、皆川藩では、藩政の実権をめぐって、国家老《くにがろう》の青柳信勝《あおやぎのぶかつ》と江戸家老《えどがろう》の日高昭重《ひだかあきしげ》が暗闘を繰り広げていた。

参右衛門の上司である納戸頭《がしら》・田宮庄兵衛《たみやしょうべえ》は、国家老派であった。その田宮庄兵衛の命令で、参右衛門は帳簿に細工をし、裏金を捻出《ねんしゅつ》した。

裏金が国家老派の運動資金になったことは、説明するまでもあるまい。

やがて、政争は国家老派が勝利し、日高昭重は江戸家老職を退《しりぞ》いた。

が、その過程で、参右衛門の帳簿改竄《かいざん》が発覚してしまったのである。

組織ぐるみの犯罪であることは誰の目にも明白であったが、参右衛門はその罪を一人でかぶり、庄兵衛に累《るい》が及ぶことを防いで、藩を追われた。

その代償は、当時五歳だった嫡男《ちゃくなん》の京之介《きょうのすけ》が元服《げんぷく》した時――つまり十年後には、皆川藩への仕官《しかん》を認めるという田宮庄兵衛の念書だけであった。

こうして、妻子とともに江戸へ出てきた参右衛門は、様々な内職で生計を立てながら、ひたすら藩へ帰参できる日を待った。

が、その間に、妻は病死し、己《おの》れもまた、昨年に風邪をこじらせて亡くなったのである。

後に残されたのは、二十二歳の珠絵と十四歳の京之助の姉弟であった。

それから珠絵は、京之助の父親代わり母親代わりとなって、今までの倍も内職に精を出して、弟の面倒を見てきたのである。

扇屋から出てきたのも、扇の地紙を型に合わせて折る内職をしているからだ。

そして、先日——今は皆川藩江戸家老におさまっている田宮庄兵衛から、春日京之助の仕官について、藩主・杉野備前守常忠《すぎのびぜんのかみつねただ》の許しが出たという報《しら》せが、ついに来た。

十年の間、江戸の片隅で惨《みじ》めな牢人暮らしに耐えてきた春日姉弟にとっては、まさに感無量、人生最大の喜びであった。

「私からもお祝いを申し上げる。亡き父上、母上も、草葉の蔭《かげ》で、さぞかしお喜びでしょう」

「はい。父の寿命がもう少しありましたらと、残念でなりません。……あ、つまらない愚痴を申しました。父の葬儀を何から何まで手配してくださいました鷹見様の前で……申し訳ございません」

「何の。父上への恩返しに、私に出来ることをさせていただいたまでのこと」

主君を失い、失意のまま関八州《かんはっしゅう》を流浪していた鷹見新三郎は、一昨年の秋に、江戸へやってきた。そして、春日参右衛門に髪結の元締《もとじめ》を紹介されて、廻り髪結となったのである。

その恩を、今も新三郎は忘れていない。

「――で、正式な仕官は何時《いつ》？」

「京之助殿の元服が済みましたら、すぐに……烏帽子親《えぼしおや》には、田宮様がなってくださるそうです」

「ほほう。それは大したものだ」

自分の罪を押しつけた上に、十年もの牢人暮らしを強《し》いたのだから、それくらい当然だ――と新三は思いながらも、珠絵を傷つけないように感心してみせる。

「これで春日家は安泰。後は、珠絵殿の婿さがしだけですよ」

「まあ、わたくしのようにがさつな女を、妻にしてくださるような、そんな物好きな殿方がおられますかしら」

「世間は広いですからな」

「まあ、ひどい」

二人は笑った。

その時――雑踏の向こうで悲鳴が上がった。

「掏摸《すり》だっ、捕まえてくれえ――っ」

新三たちは、きっと表情を引き締めて、声のした方向を見る。

人ごみが左右に割れて、そこに生じた一本道を、二十歳《はたち》くらいの男が走ってくる。

左手には印伝革《いんでんがわ》の財布を握りしめ、右手の匕首《あいくち》を振りまわしていた。掏摸といっても、技術も何もなく、掻《か》っ払《ぱら》いに近い奴だろう。

「……………」

新三と珠絵は、視線を交えた。珠絵の目に、悪戯《いたずら》っぽい笑みが浮かんでいる。

軽く頷いて、新三は、彼女の風呂敷包みを受け取った。

春日珠絵は、すっ……と滑るように往来の真ん中へ出る。

「どけどけっ、ぶっ殺すぞ！」

男は、口の端から白い泡を飛ばしながら、右手の匕首を突き出した。

が、珠絵は、流れるような動作で左へ移動して軀を開き、右手で男の手首をつかむと、その真っすぐに伸び切った肘に、左の掌底《しょうてい》を打ちこんだ。

「ぎゃっ」

右腕の肘関節を折られた男は、濁った悲鳴をあげた。匕首を放り出す。

さらに珠絵は、男に足払いをかけつつ、彼の右腕を弧《こ》を描いて振り上げる。

男の軀は宙で反転し、背中から地面に叩きつけられた。

完全に気を失ったことを確認して、珠絵は、男の手首を放して一歩さがる。これだけの荒業《あらわざ》を繰り出したのに、裾《すそ》も乱していない。

「すげえっ」

「よっ、女弁慶《おんなべんけい》！」

「日本一っ」

周囲の人々が、わっと囃《はや》し立てる。

珠絵は、急に羞《はず》かしそうな顔になって、新三の蔭に隠れるようにした。

「真伝鬼倒流柔術《しんでんきとうりゅうじゅうじゅつ》の妙技、久しぶりに拝見しました」

「父がいけないのです。京之助は見込みがないから、筋の良いお前に教えてやる――などと申して、幼い私に武芸の手ほどきをしたものだから……」

女にしては大きな軀を縮めるようにして、珠絵は言う。

その頃になって、ようやく、被害者の老爺《ろうや》が、よろよろと駆け寄ってきた。

呆《あき》れたことに、掏摸の男は、まだ、しっかりと財布を握りしめていた。

四

翌日の酉《とり》の中刻《ちゅうこく》――午後七時。

天王町の新三の家へ迎えにきたのは、例の伊造であった。

「へへへ。どうも、旦那。夕飯は、もう、お済みですかい」

「今日は摂《と》らぬ」

「なるほど。さすがの名人達人も、試合の前となると、緊張して、喰《く》い物が喉を通りませんか。お侍といっても、所詮《しょせん》は人の子ってことですかね。へっへっへ」

胃の腑《ふ》が膨れれば、動作が鈍くなり意識が散漫になる。それに、激しい動きをすると吐き気を催す怖れがあり、さらに、腹部に傷を負った場合、化膿《かのう》しやすくなる。

それに、最悪の場合――つまり、腹を断《た》ち割《わ》られた時に、未消化物が周囲に散乱して、見苦しい死《し》に様《ざま》になる可能性があった。

それゆえ、一廉《ひとかど》の兵法者ならば、試合や切腹の前には、飲食を避けるようにしている。

新三も今日は、朝食を軽く摂っただけで、それからは茶しか口にしていない。

そんな武士の嗜《たしな》みを、毒虫のような男に話しても仕方ないから、鉄色の小袖《こそで》に脇差を帯びた新三は、黙って外へ出た。

治兵衛が差し向けた駕籠《かご》に乗り、目を閉じる。

威勢のよい掛け声とともに、駕籠が走り出した。伊造が、その脇について来ている。

わざと遠回りしたり、出鱈目《でたらめ》に角を曲がったりして、新三の方向感覚を狂わせようとしていることは歴然としていた。

およそ半刻《はんとき》――一時間ほどして、ようやく、駕籠は止まった。

降りて見ると、三方を林に囲まれた大きな屋敷の前であった。屋敷の正面は広い畑で、当然のことながら、灯火は見えない。

新三とて、おそらく浅草の北だろうとは思うが、正確にはわからなかった。

夜空には満月が蒼《あお》く光っていたが、寒さは大したことはない。風はなかった。

「さ、旦那。こちらへ」

伊造の案内で門内へ入り、木戸を潜《くぐ》って、裏庭に出る。

驚いたことに、裏庭の周囲には、長さ三尺ほどの太い青竹が、四十数本も突き立てられていた。青竹の先端には、極太の百匁蠟燭《ひゃくめろうそく》が灯っている。

そのため、裏庭はかなり明るくなっていた。

母屋《おもや》の縁側の近くに、床几《しょうぎ》に座った武士がいる。これが、新三の〈相手〉らしい。

縁側には、治兵衛と警護役らしい武士が二人、座っていた。そして、裏庭に面した薄暗い座敷には、山岡頭巾《やまおかずきん》をかぶった武士が、脇息《きょうそく》にもたれかかっている。

その人物の前の膳《ぜん》に、燗酒《かんざけ》用の銚釐《ちろり》がのっているのを見て、新三の唇が硬く引き結ばれた。唇の両端に、深い窪みができる。

が、すぐに、その唇が自嘲《じちょう》に歪んだ。

どうせ、金で買われた〈決闘者〉である。

買った方が、酒を飲んでいようと女を侍《はべ》らせていようと、文句の言える筋合いではない。

「――御前《ごぜん》、お待たせいたしました。こちらが、鷹見新三郎様です」

治兵衛が紹介すると、頭巾の武士は鷹揚《おうよう》に頷いた。その頭の動きからして、すでに酔いがまわっているようだ。

縁側の二人の武士は、胡散《うさん》くさそうに、新三を見つめている。

一人は、二十代半ばの痩せた男。もう一人は、三十過ぎの精悍《せいかん》な風貌の持《も》ち主《ぬし》だ。骨太の体格で、髭《ひげ》の剃《そ》り跡が青々としている。

「おい」

治兵衛が顎をしゃくると、縁側の端に控えていた若い衆が、刀箱を抱えて庭へ降りた。

新三は、刀箱の中の脇差を取って抜刀し、刃引きであることを確認した。それから、無造作に一振りして、手溜《てだま》りを確かめる。

そして、自分の脇差を帯から抜いて、若い衆に預けた。

「では、鷹見様。お支度を」と治兵衛。

「これでよい」

刃引きの脇差を帯に落とした新三は、着流しのままで、素っ気なく言う。

「……………」

周囲の空気が強《こわ》ばった。

頭巾の武士が、何事か呟く。無礼者——といった類《たぐい》の罵倒であろう。

「で、では……馬渡《まわたり》様」

床几に腰掛けていた武士が、ゆっくりと立ち上がった。袴の股立《ももだ》ちを取り、袖には襷《たすき》を掛けている。額には白い鉢巻《はちまき》を締めていた。草履《ぞうり》の新三とは違って、草鞋《わらじ》を履いている。

頭巾の武士に一礼してから、その兵法者は、新三の方を向いた。

「菊池一刀流《きくちいっとうりゅう》。馬渡左近《さこん》」

三十代前半であろう。中肉中背で、崩れた雰囲気が全くない。牢人ではなく、主人持《あるじも》ちのように見えた。

狐のように尖《とが》った顔立ちで、目が針《はり》のように細い。その目に、冷たい怒りが宿っていた。

「無尽流《むじんりゅう》……鷹見新三郎」

頭巾の武士を無視して、新三は、馬渡左近と対峙《たいじ》した。二人の距離は、四間《けん》――約七メートル。

左近は、すらりと大刀《だいとう》を抜いた。下段に構える。肩口から闘気《とうき》が立ち昇った。

新三の方は、やや腰を落としただけで、脇差の柄《つか》に手もかけていない。

「………」

「…………」

左近は、下段を右脇構えに移して、少しずつ前進を始めた。

新三は動かない。

構えを見ただけで、左近が、かなりの遣《つか》い手《て》であることは、わかっている。相手は、新三の業《わざ》が抜刀術だと知らされているはずだ。

だから、こちらから飛びこむよりも、相手がこちらの刃圏《はけん》に入ってくるのを、待った方がよい――と新三は考えたのだ。

左近の背後にある蠟燭の灯《ひ》の群れが、ゆらゆらと揺れていて目障《めざわ》りだ。しかし、条件は左近も同じである。

新三から二間の距離に近づいた左近が、足を止めた。額に脂汗《あぶらあせ》が光っているのが、見える。

左近が呼吸を整えて、こちらの呼吸に合わせようとしているのが、わかった。

頭巾の武士も、治兵衛たちも、息を呑んで試合の成《な》り行きを見守っている。

左近は、ゆっくりと刀を右脇構えから下段に戻した。それから、一気に間合《まあい》を詰《つ》めて、

「えいっ！」

裂帛《れっぱく》の気合とともに、諸手突《もろてづ》きを繰り出す。新三は右手を閃《ひらめ》かせて、抜刀し

た脇差でその剣先を払った。

が、左近は突進の勢いのままに、払われた刀を軀の左側面で大きくまわして、大上段から新三の頭部へ振り下ろす。

最初の突きは、誘い太刀《だち》だったのである。

いかに刃引きとはいえ、重量は真剣そのままだから、この勢いで振り下ろされれば、新三の頭蓋は砕け割れるであろう。

が、その瞬間——左近の刀が、新三の頭の半寸ほど手前で、ぴたりと停止した。

「う……」

左近の頬が痙攣《けいれん》する。

その喉元《のどもと》には、新三の脇差の切っ先が、わずかに喰いこんでいたのだ。

新三の脇差は、左近の剣を払って横へ流れた。普通の者ならば、手首を返して脇差を戻す前に、左近の一撃で、頭を砕かれていただろう。

だが、身をかがめた新三は、信じられないような迅さで左近の懐に飛びこみ、真下から彼の喉へ脇差をあてがったのである。

刃引きであっても、先端は、かなり鋭い。新三が力を入れれば、脇差は左近の喉を貫くであろう。

これでは、左近は動くに動けない。

「殺せっ」

いきなり、頭巾の武士が立ち上がった。甲高《かんだか》い声で喚《わめ》く。

「新三とやら、そのまま左近を突き殺すのじゃっ！」

五

新三が声をかけるよりも先に、弥太五郎《やたごろう》の方が、片手を上げた。

「おっ、旦那。年始のご挨拶にも伺いませんで、どうも」

狸《たぬき》の置物みたいに、でっぷりと太った三十男で、新乗物町《しんのりものちょう》に住む岡《おか》っ引《ぴき》であった。

肉づきのよい頬が桜色に染まり、やたらに、にこにこと陽気な表情だ。

「ご機嫌のようだな、親分。源七《げんしち》は一緒ではないのか」

筋違橋《すじかいばし》の近くにある神田花房町《はなぶさちょう》の通り――例の闇試合から十日ほどが過ぎていた。

源七というのは、弥太五郎がいつも連れ歩いている乾分の名だ。

「いえ、今日は御用じゃねえんです。谷中《やなか》にいる妹が、赤ん坊を産んだんで、その祝いに呼ばれての帰りでさあ。つまり、俺に姪っ子が出来たってわけです」

「ほう、それは良かったたな。弥太五郎親分の姪なら、さぞかし別嬪《べっぴん》になるだろう」

「旦那も意外と、お口が悪い」

弥太五郎は苦笑して、

「仕事に差し支えなけりゃ、どうです、そこらで一杯」

「そうだな……よし、行こう。ただし、私に奢《おご》らせてくれ」

「いや、そいつは……」

「なに、出産祝いさ。いいだろう」

「へい。では、ごちになります」

手近な居酒屋に二人が入ろうとした時、通りかかった袴姿の若侍が、新三に挨拶をする。

「京之助殿、元服が済まれたのですな。うむ、これは凛々《りり》しい」

その若侍は、珠絵の弟の春日京之助だった。

前髪を落として、月代《さかやき》を剃ってはいるが、どこか初々《ういうい》しさが残っていた。色白で、体格も華奢《きゃしゃ》、温和な感じである。

亡き春日参右衛門が、姉の珠絵に「お前が男に生まれていたら……」と言ったというのも、無理はない。

「はい、お蔭様で。皆川藩への帰参がかないましたのも、鷹見様を始めとする皆様のご厚情のおかげと、姉ともども感謝しております」

「近いうちに伺うことにしよう。珠絵殿にも、そう、お伝えください」

「承《うけたまわ》りました。では、失礼します」

遠ざかる京之助の後ろ姿を眺めながら、弥太五郎が少し眉をくもらせて、

「旦那……あの若いお侍は、皆川藩に仕官なすったんですかい」

「再仕官というか帰参というか……まあ、中で話そう」

二人は、居酒屋の奥にある切り落としの小さな座敷に、座りこんだ。新三は、台箱を奥に置いて、片襷を外す。

鱚《きす》の塩焼きや蒟蒻《こんにゃく》の田楽《でんがく》などを肴《さかな》に酒を飲みながら、新三は春日姉弟の話をした。

「なるほど……そういう事情でしたか」

肥満体の岡っ引は、憂《うれ》い顔《がお》になり片手で顎をこする。

「親分は、皆川藩について、何か知っているのかね」

「それなんですが——」

と弥太五郎。

「実は、杉野備前守様……つまり、皆川藩のお殿様ってえのが、ちょっとばかし困った御方でしてね。つい何日か前、お屋敷の外を通りかかった飴売《あめう》りの女の声がうるさいってんで、屋敷の中に引きずりこみ、ご家来衆に斬らせたんでさあ」

「皆川藩上屋敷《かみやしき》は、愛宕下《あたごした》の大名小路だったな。あんな所で、飴売りが声を出して歩くわけがない」

「俺もそう思いますよ。たぶん、誰でもいいから、屋敷の前を通った者を引っぱりこめと、そう命令したんでしょう」

弥太五郎は唇を歪めて、杯を干した。

「ですが、斬ったのが八万石のお大名で、斬られたのが裏長屋の飴売りだから、これは最初《はな》っから勝負にならねえ。結局は、無礼討《ぶれいう》ちってことで、一件落着です」

斬られた女の死骸の始末をしたのが、近くの番屋《ばんや》で茶を飲んでいた弥太五郎であった。

女は、数年前に亭主に先立たれ、五つと八つの子供を、女手ひとつで育ててきたらしい。

弥太五郎は大家《おおや》に掛けあって葬式を出してやり、町役人《ちょうやくにん》に頼んで子供の引取先まで捜してやったそうだ。

「それで気になって、お殿様のことを色々と聞きこんだんですが……」

「構わぬ。聞かせてくれ」

「今から十年ばかり前……先代のお殿様には、二人の息子がいて、どうも長男の方が出来が悪かった。武芸は不得手なくせに癇癪持《かんしゃくも》ちで、小姓《こしょう》や奥女中に何かと文句をつけては、折檻《せっかん》をするのが好きという……とても八万石の藩主向きじゃない」

それに対して、次男の常之《つねゆき》は、文武両道に秀《ひい》でた若者で、誰の目にも、兄より弟の方が優秀なことは歴然としていた。それで、江戸家老の日高昭重は、兄の常忠を廃嫡《はいちゃく》して弟の常之を次期藩主にするよう、藩主に進言した。

ところが、国家老の青柳信勝は、長子相続こそ天下の御法と声を上げ、ここに、江戸家老派と国家老派の苛烈な政争が展開された。

結果は、国家老派の勝利。長男の常忠が、〈無事に〉皆川藩の新藩主となった。

弟の常之は、城下町の外れに屋敷を与えられて——と言えば聞こえはいいが、実際は、幽閉同然の有様だという。

杉野備前守常忠の悪癖は、藩主になっても治まらず、年々、ひどくなってゆく有様であった。飴売り女斬殺のように──。

「……親分。少し尋ねるが」

新三は、いささか、躊躇《ためら》いがちに言う。

「その杉野備前守は、兵法者同士を立合わせるのを好むという話は、聞いておらぬか」

「はあ。そう言えば、ご家来衆の中から腕の立つ者同士に、立合を命じたりしてるようですよ。自分が剣が空《から》っきしなもんだから、他人がやるのを見るのが好きなんでしょう。もっとも、真剣で立ち合わせるんで怪我人が続出して、さすがに、重臣方が止めさせたそうですがね」

「備前守は、三十三歳といったな……」

「へい。痩せっぽちで──」

弥太五郎は、皆川藩主の風貌を説明した。

「そうだったのか」

新三は空《から》の杯を手にしたまま、頬を痙攣させた。

その表情の昏《くら》さに、弥太五郎は気圧《けお》されて、声をかけられなくなる。

（あの闇試合の〈御前〉は……杉野備前守であったのか）

薄暗いし頭巾をつけていたので、はっきりと人相を確かめたわけではないが、弥太五郎の話を総合すると、あの人物は、皆川藩主としか思えない。

あの時、「突き殺せっ」との備前守の命令を、新三は拒否した。刃引きの立合としては、すでに勝負が決している――と言って。

試合料と賞金を合わせた百両を受け取り、備前守の罵声を背中で聞き流しながら、駕籠で空き屋敷を出た新三であった。

綺麗《きれい》な金とは言えないが、新三は、六十両という大金を必要としていたので、闇試合に応じたのである。

六年前――新三の主君である駿河大納言忠長《するがだいなごんただなが》は、実兄の徳川家光に乱心の汚名を着せられたまま、配所で自害《じがい》した。

その墓が、高崎の大信寺《だいしんじ》にある。その供養料が、年間三十両なのだ。新三は、関八州を流れ歩いている時も、江戸で髪結になってからも、ずっと、その供養料を送り続けてきた。

ところが、昨年末――元の許婚《いいなずけ》である静香を遊女屋から救い出すために、全財産を投げ出してしまったのである。その時には、静香は、もの言わぬ姿になっていたが……。

そして、先ごろ大信寺から、今年の供養料がまだ届いていない——という催促の手紙が来たのである。しかし、その時点では、十両も集まっていなかった。廻り髪結の身で、すぐに三十両という大金を作ることは、容易ではない。それで、治兵衛の闇試合の話に、仕方なく乗ったのである。

大信寺には、闇試合の翌日、二年分の供養料として六十両を送った。残りの金の一部で、女兵法者の長谷川梢に着物と帯を買ってやった。

それでも残金があるので、弥太五郎に飲み代を持つと言ったのである。

それにしても、あの唾棄《だき》すべき武士が、皆川藩主だったとは……。

「で、でも、旦那」

弥太五郎は、新三の杯に酌をしながら、

「最近じゃあ、あんまり、殿様がひどいんで、このままでは藩が取り潰《つぶ》しになるって、みんなが考え出したらしくてね。留守居役の阿部頼母《あべたのも》って御方を中心にして、殿様を隠居させようって運動してるらしいですよ。そうすれば、あの春日京之助様も、安心でさあ」

元気づけるように言う。新三が、京之助の行く末を心配していると、勘違いしたらしい。

「そうか……そうだな」

新三は、杯をあおった。

その酒は、ひどく苦かった。

六

胸の奥に固い痼《しこ》りを抱えたまま、新三は、天王町の家へ帰った。家の中には、明かりが灯っている。長谷川梢が来ているのだろうと思いながら、玄関の戸を開く。

「鷹見様、お帰りなさいませ。勝手に待たせていただきました」

三指をついて出迎えたのは、春日珠絵であった。

どうして、こんな夜更けまで――という言葉を新三は呑みこんで、

「だいぶ、待たれましたかな」

「いえ……お掃除などをさせていただいているうちに、あっという間に刻《とき》がたちました」

普通ならば、珠絵は、夜、一人暮らしの男の家を訪ねてくるような女ではない。

「申し訳ないが、熱い茶をもらえますか」

「はい、只今――」

珠絵は嬉しそうに、茶の支度をする。

座敷で、その茶を飲みながら、

「夕方、京之助殿にお会いしました。もう、立派な若侍ですな」

「………」

珠絵の顔が強ばった――ように、新三には見えた。いつもとは様子が違う。

「鷹見様。本日は、お願いがあって参りました」

「伺いましょう」

「髪を……わたくしの髪を、結うてくださりませ」

新三を見つめる女の面《おもて》には、ただならぬ緊張と決意が漲《みなぎ》っていた。決闘の場に臨んだ兵法者のように、双眸《そうぼう》が強い光を帯びている。

今まで――新三は何度か、「髪を結わせてもらえませんか」と珠絵に言ったことがある。勿論、無料でという含みを持たせてだ。自分の身のまわりには一切かまわず、父親や弟に尽くしている彼女に、同情したからである。

だが、珠絵は微笑して、「武家の女は自分で髪を結え——と父に言われておりますので」と柔らかく断るのが常であった。

それが今夜は、自分から髪を結ってくれという。その真意を計《はか》りかねつつ、新三は、うなずいて、

「結わせていただこう。ただし、髪結代は受け取れぬ。それで、いいですな」

「……有難うございます」

珠絵は、島田髷《しまだまげ》の頭を下げた。新三は顔を洗い、うがいしてから、茶の葉を嚙《か》んで酒の匂いを消す。そして、座敷に正座した珠絵の背後にまわって、手結《てゆ》いの島田髷を解く。

「美《よ》い髪ですな。細く柔らかくて、枝毛が少なく、艶《つや》がある。まさに、鴉《からす》の濡《ぬ》れ羽色《ばいろ》だ」

髪を梳《す》きながら、新三は言う。世辞ではなく、素直に感想を口にしたのだった。

「……………」

珠絵は何も言わずに、目を伏せている。

酔いに手をとられることもなく、新三は、丁寧に仕事をした。やがて、見事な〈浮舟《うきふね》〉が完成した。

美しく結われた自分の髪を、鏡の中に見て、珠絵は驚きの声をもらす。

「まあ……」

「こちらを向いて、目を閉じて」

新三は紅筆《べにふで》を手にして、珠絵の左斜め前に座った。珠絵が顎を軽く突き出すようにすると、その唇に紅をつけてやる。懐紙《かいし》を唇に挟ませて、余分な紅を落としてから、

「ご覧なさい」

珠絵は再び、鏡の中の自分を見た。

先刻までとは別人のように、艶《あで》やかな顔がそこにある。隠されていた二十三歳の女らしさが、匂いたつようであった。鏡を見つめる珠絵の肩が、にわかに震え出して、

「……鷹見様っ」

いきなり、新三の胸に飛びこんだ。

「どうなされた、珠絵殿。取り乱すなどと、貴女《あなた》らしくもない……」

「いやっ」

珠絵は叫んだ。

「父のため、弟のため、家名のため……なれど、珠絵は、木石《ぼくせき》でも貞女でもございません。ただの……ただの女でございますっ」

「珠絵殿……」

「鷹見様……いえ、新三郎様」

珠絵は顔を上げた。双眸が涙で潤んでいる。

「わたくしを……抱いてくださいませ」

七

翌日の午後――新三が家で道具の手入れをしていると、二人の武士が訪ねてきた。

本所の闇試合の時、頭巾の武士の警護をしていた二人であった。

「拙者《せっしゃ》は皆川藩で御側衆頭《おそばしゅうがしら》を務める板倉玄之輔《いたくらげんのすけ》と申す」

三十過ぎの精悍な方が、名乗った。

「同じく、御側衆の細川主馬《ほそかわしゅめ》」

二十代半ばの痩せた武士が言う。

「何の用事かね。試合なら、もう済んでいるが」

作業の手を止めずに、新三は面倒そうに言った。やはりそうだったのか――と思う反面、相手が、わざわざ藩名を名乗った意図が、よくわからない。

「いや、まだ済んではおらん」と主馬。

「お主《ぬし》と立ち合った馬渡左近は、あの後、殿に申し訳が立たぬと腹を切ろうとした。我らが必死で止めて、何とか思い止《とど》まらせたがな」

「その責任は、お主にある」

玄之輔の言葉に、新三は顔を上げた。

「私に……？」

「殿の――杉野備前守様の命令を無視して、お主は、馬渡殿に止どめを刺さなかったではないか。要《い》らぬ哀れみを受けた馬渡殿が、恥辱と感ずるのも無理はなかろう」

「刃引きの立合と、最初から断っている。命のやり取りまでは、約束しておらん」

「お主の考えなどは、もう、どうでもよいのだ。問題は、馬渡殿が、それを恥辱と感じていることなのだ。このままでは、また、切腹に及ぶかも知れぬ」

あまりにも身勝手な理屈に、新三は、うんざりしながら、

「それで、私に、どうしろというのかね」

「今一度、殿の御前で立ち合ってもらいたい。ただし、今度は真剣でだ」

「……断ったら」

新三は、鋭い視線を二人に送った。ここで、皆川藩八万石の権威を振りかざし、立合を強要するのなら、徹底的に闘う気になっている。

が、二人は突然、がばっと平伏した。

「お願い申す、馬渡左近と立ち合ってくだされっ」

「切腹よりも、兵法指南役《しなんやく》として、真剣勝負で華々《はなばな》しく散らせてやってくれっ！」

先ほどまでの横柄《おうへい》な態度とは正反対に、平身低頭、畳に額をすりつけている。

馬渡左近は、やはり、皆川藩の家臣だったのだ。

「鷹見殿っ、お主にも武士の情けがあろう。頼むっ」

「──わかった」

新三は諦《あきら》めた。元はと言えば、金のために闇試合を引き受けたことが、間違いだったのである。一度、引き受けた以上、きちんと決着をつけねばなるまい……。

「で、いつだ」

「出来れば、今からすぐに。場所は、皆川藩上屋敷でござる。失礼ながら、試合料は倍の百両。勝者には、さらに百両の褒賞《ほうしょう》が与えられます」

支度をした新三は、表で待っていた駕籠に乗りこんだ。

愛宕下へ向かう駕籠の中で、春日珠絵のことを考える。

珠絵は——生娘《きむすめ》であった。庶民の娘は、十三から十八くらいの間に結婚するのが普通だから、二十歳では〈年増《としま》〉と呼ばれてしまう。だから、武家の娘とはいえ、二十三で処女のままというのは、稀《まれ》なことであった。

珠絵は、破華《はか》の疼痛《とうつう》に呻《うめ》きつつ、自分から積極的に軀を動かし、心中《しんじゅう》前のような激しさで、新三を求めた。

そして、事が済むと、そっと夜具を抜け出して、何も言わずに帰っていった。弟が江戸詰めではなく、国許《くにもと》詰めで江戸を離れることになったのだろうか。そのために、暇乞《いとまご》いに来たのだろうか。

それにしても唐突な、激情の爆発であった。初めての体験なのに、自ら男のものに指を絡めて、口に含むことも厭《いと》わなかったのである……。

駕籠が、皆川藩上屋敷に到着した。

新三は、御座の間に面した中庭に案内される。御座の間には杉野備前守がおり、十数名の藩士が庭や廊下に控えていた。

「その方！　殿の御前に、着流しとは無礼であろうっ」

高飛車に怒鳴りつけたのは、江戸家老の田宮庄兵衛であった。

「庄兵衛、よいのだ」

備前守が上機嫌で言う。

荒淫と深酒のためか、下瞼《したまぶた》が黒ずんで垂《た》れさがっている。艶のない皮膚が、酔いのために赤く染まっていた。酒杯を手にしたまま、

「鷹見新三郎、よう参ったのう。家臣たちの手本になるような、立派な試合を見せてくれ。頼むぞ」

新三は黙って、一礼した。

「では――」

板倉玄之輔が、建物の蔭に向かって合図をした。そこから、白い小袖に白袴という格好の人物が出てくる。馬渡左近ではなかった。

「っ!?」

新三は驚愕《きょうがく》した。相手は女だった。頭髪を剃り落としている。

だが、彼が真に驚いたのは、そんなことではない。

「珠絵殿……」

薙刀《なぎなた》を持ったその女は、春日珠絵だったのである。赤い紐で襷掛《たすきが》けをし、額に白い鉢巻をした珠絵は、哀《かな》しげに目を伏せた。

「これは一体、どういうことだっ」

新三の怒りに、玄之輔も細川主馬も、そっぽを向いてしまう。

「許せ、新三郎。玄之輔たちに罪はない」

備前守は、にやにや嗤《わら》いながら、

「馬渡左近は、余への申し訳に、つい先ほど自害いたした。それで急遽《きゅうきょ》、新参の刀腰女《とうようめ》と立ち合ってもらうことになったのじゃ。偶然だが、この珠絵は、そちと顔見知りだそうじゃのう」

刀腰女とは、江戸城の大奥や大名屋敷の奥御殿などのように、男子禁制の場所を警護する女武芸者のことだ。袴姿の男装で二刀を帯び、女としての俗世の喜びを捨てる意味から、珠絵のように剃髪《ていはつ》している者も多かった。

「申しておくがな、新三郎。両名とも本気で、命のやり取りを致すのだ。もしも、遠慮や誤魔化《ごまか》しがあったなら、春日京之助という者の仕官は、取り消す。わかったな」

これが、驕心《きょうしん》を傷つけられた杉野備前守の、復讐《ふくしゅう》であったのだ。

新三は、昨夜の出来事の真相を知った。

春日の家名のために、女であることを捨て、命までも捨てる覚悟の珠絵は、その前に、新三に髪を結って欲しかった。抱いて欲しかった。二十三の乙女の血が、たった一晩だけ、花火のように、命の刻《とき》を熱く燃やしたのである……。

「始めっ」

玄之輔が命じた。

珠絵は、さっと薙刀の鞘を払い、構える。

その顔には、もう躊躇いの色はなく、強烈な気迫が満ちていた。

新三も、左手で脇差の鞘を握り、ぐっと下向きにする。間合の長い長刀に対して、脇差居合術は圧倒的に不利であった。

頭上で薙刀を水車のように回転させながら、するすると接近してきた珠絵は、

「はっ」

新三の脛《すね》を、刃《やいば》で払う。そして、斜め後方へ跳《と》び退《さ》がった新三の足を、さらに、反対側の石突きの方で払った。

これで体勢を崩したら、そこに刃が降ってくるという三段攻撃である。もし、新三が脇差を抜いて柄《え》を受け止めたとしても、やはり、薙刀を反転させて、刃が襲ってくるというわけだ。

が、新三は、誰も予想できない行動に出た。

跳びさがるのではなく、跳躍して、薙刀の柄に飛び乗ったのである。

「っ!!」

一瞬、珠絵の薙刀が停止した。その一瞬に、新三は、右手で脇差を鞘走らせる。

薙刀の柄が、珠絵が右手と左手で握っている部分の中間部で、切断された。

さらに、薙刀の刃を根元の逆輪《さかわ》から斬り落とし、再び斬り上げた。珠絵の額の鉢巻が、はらりと落ちる。無論、肌には髪の毛一筋ほどの傷もついていない。新三は、その脇差を正眼《せいがん》に構えて、備前守の方を向き、

「これで、ご満足であろう。あまりに卑劣な真似をなさると、八万石の屋台骨が崩れ落ちますぞ」

「無礼者っ！　余を何と心得るっ」

杉野備前守が叫んだ時、新三の脇差に、異様な手応えがあった。

珠絵が自分から、切っ先に左胸をぶつけてきたのである。

「た、珠絵殿っ？」
脇差の半ばまで、女の胸に埋まっていた。
「……」
珠絵は、わずかに微笑した。その唇の端から、鮮血が一筋こぼれ落ちて、刀腰
女の軀は崩れ落ちる。
「つまらん！　これでは、自害と変わらぬではないか。仕官の件は、取り消し
じゃっ」
備前守は吠《ほ》えた。
絶命した珠絵の脇に、切断された鉢巻が落ちている。鉢巻の内側から、髪の毛
がこぼれ出していた。珠絵のものに違いない。新三に結ってもらった黒髪を、剃
髪の前に一房《ひとふさ》だけ切り取って、彼女は、この鉢巻の中に縫い込んでいたのだろう。
それを見た時、新三の中にあった最後の枷《かせ》が、弾け飛《と》んだ。
「たわけっ！」
脇差を左の逆手《さかて》に持ち替えるや、御座の間に躍り上がった。
側衆や小姓たちが庇《かば》う暇も与えず、狂った暴君の頸部《けいぶ》を薙《な》ぐ。恐怖の表情を張
りつけたまま、八万石の首が吹っ飛んだ。切断面から血柱が噴出する。

さらに、新三の脇差は、斬りかかってきた板倉玄之輔と細川主馬をも、斬り伏せた。

「斬れっ、この狼藉者《ろうぜきもの》を斬り捨ていっ」

江戸家老の田宮庄兵衛が、喚いた。

家臣たちが次々に抜刀し、今や斬り死にを覚悟した新三を取り囲む。

その時、

「待て！　一同、刀をひけっ」

そう叫んだのは、江戸留守居役の阿部頼母であった。

「殿は斬られたのではない。急な病《やまい》で、亡くなられたのだ」

「気でも触れたのか、頼母！」

「だが、安堵《あんど》するがいい。次期藩主は、ご舎弟《しゃてい》の常之様として、老中《ろうじゅう》筆頭の土《ど》井利勝《いとしかつ》様のご内諾も得てある。殿がご他界されても、皆川藩は安泰なのだ。これが、証拠の書付けである」

頼母が、懐から出した書状を見せると、家臣たちは迷いながらも刀を納めた。

「き、貴様……留守居役の分際でっ」

庄兵衛は、卒中《そっちゅう》寸前のような顔になる。頼母が顎をしゃくると、二人の家臣が庄兵衛の両腕をつかんで、そのまま連れ去った。

「鷹見新三郎とやら。見ての通り、ご主君急死にて取り込み中である。早々に引き取ってもらいたい。無論……他言無用ぞ」

「……春日京之助はどうなる」

「ああ、その刀腰女の弟か。仕官の件は、わしが保証いたす。女人ながら、天晴《あっぱ》れな最期であったのう」

新三は脇差を納めると、庭へ降りた。

「待て。今、二百両を用意させるゆえ」

「二百両………」

珠絵の鉢巻を拾った新三は、ゆっくりと肩越しに振り向いた。

その両眼には、思わず阿部頼母が後ずさったほど、凄絶な光が宿っている。

「そんな金があるのなら……この女人《ひと》に立派な墓を立ててやってくれ」

そう言い捨てて、新三は、上屋敷を出た。

自害した主君の介錯《かいしゃく》をした右手では、二度と人を斬らぬ——という誓いを立てた鷹見新三郎である。だが、今日、最も悲惨な形で、その誓いが破られてしまった。

傷だらけの魂から、さらに新たな血を流しながら、孤独な男は、大名小路を歩き去った——。

事件ノ五　漢《おとこ》の背中

一

牛込門《うしごめもん》の北にある軽子坂《かるこざか》は、かつては〈逢坂《おうさか》〉と呼ばれていた。

奈良時代──小野美佐吾《おののみさご》という貴族が武蔵守《むさしのかみ》に任ぜられて、この地に赴《おもむ》いた時、玄及藤《さねかずら》という美女と恋仲になった。

任期が終わって都へ帰った美佐吾は、ほどなくして病死。残された玄及藤は、夢のお告げによって、この坂へ来たところ、美佐吾の幻と再会することが出来た。

しかし、その幻影が消えた時に美佐吾の死を悟り、自分も淵に身を投げて自殺した。

この哀《かな》しい伝説によって、ここは逢坂と呼ばれるようになったのである。

だが、三年前の寛永《かんえい》十三年に、江戸城の外濠《そとぼり》が完成し、物資運搬船が通うようになると、その積み降ろしに従事する軽子という人足《にんそく》が、坂の周辺に住むようになった。

そのため、逢坂という美しい呼称は、いつの間にか、軽子坂という風情《ふぜい》のない名前に変わってしまったのである。

(さて、どうしよう……)

夜の軽子坂を下って、外濠に突き当たった長谷川梢《はせがわこずえ》は、足を止めて考えこんだ。

右へ折れて四半刻《しはんとき》も歩けば、赤坂《あかさか》に至る。

赤坂の表伝馬町《おもてでんまちょう》には伊吹新流《いぶきしんりゅう》の村岡《むらおか》道場があり、袴姿《はかますがた》の梢は、この道場の〈師範代格《しはんだいかく》〉というべき扱いであった。

旗本肝煎《はたもときもいり》の大久保彦左衛門《おおくぼひこざえもん》が、梢を道場主《ぬし》の村岡兵庫《ひょうご》に紹介してくれたのである。

村岡道場には、戸田小左衛門《とだこざえもん》と本郷庄次郎《ほんごうしょうじろう》という二人の高弟《こうてい》がいて、病床にある村岡兵庫に代わり、交替で門弟に稽古をつけていた。

実質的には、この二人が師範代であり、長谷川梢は出稽古《でげいこ》専門で、ほとんど道場には近づかない。

幼い頃から父の久蔵に剣術を教えられてきた梢は、女ながら、並の武士など問題にならない腕前だ。

小左衛門や庄次郎と立ち合っても、三本に一本は取れる。だが、女人《にょにん》に負けたとあっては、二人とも高弟として他の門人に示しがつかないから、兵庫はそれを配慮して、梢を出稽古専門にしたのだ。

旗本屋敷の娘や女奉公人《ほうこうにん》たちに武芸を教えるのが、梢の仕事だが、評判は上々であった。

教え方が丁寧で上手《うま》いせいもあるが、女にしては長身で男装をした梢の凜々《りり》しさは、若い娘たちの憧れの的になったのだ。

屋敷の主人《あるじ》としても、女兵法者《ひょうほうしゃ》の梢ならば、娘たちと間違いを起こす可能性もないので、安心して任せられる。

そういう訳だから、長谷川梢は、稽古以外にも色々と娘たちの相手をさせられることが多い。それもまた、〈仕事〉の内であった。

今日も、相沢佐太夫《あいざわさだゆう》という旗本の屋敷で、娘たちに稽古をつけたのだが、その後に貝合わせなどの遊びに付き合い、夕食まで振るまわれて、こんなに遅くなってしまったのだ。

長谷川梢は、氷川《ひかわ》明神の裏手に家を借りているので、帰宅するつもりなら、何の迷いもなく右の道へ行けば良い。

だが――左へ折れて濠沿いに歩けば、天王町《てんのうちょう》に着く。天王町には、鷹見新三《たかみしんざぶ》郎《ろう》の家がある。

距離としては、家へ戻るのも新三《しんざ》の家へ行くのも、同じくらいであった。

毎日でも新三の家へ通いたい梢であったが、あまりに頻繁だとあの方《かた》に嫌われるのではないか――と悩んでしまう梢なのである。

（でも……もう、三日もお伺いしていないのだから……）

そう考えて、左へ折れた梢の顔は、生き生きと輝いていた。一歩一歩、新三の下へ近づいていると思うと、恋する女の頬には、自然と血が昇ってくる。

満月だから、ほとんど提燈《ちょうちん》がいらないほどであった。外濠沿いの道に、人影はなかった。

濠の対岸の土堤《どて》に並ぶ桜が、月の光に朧《おぼろ》に浮かび上がった様《さま》が美しい。

船河原橋《ふなかわらばし》を渡り、知らず知らずのうちに急ぎ足になっていた梢が、柳の木の前で、急に立ち止まった。

「ん……？」

夜風の中に混じった血の匂いに、この女兵法者は気づいたのである。

提燈を動かすと、右手の土堤下に、誰かが倒れているのが見えた。

甘いときめきに染《そ》まっていた梢の顔が、さっと緊張して厳しさを取り戻す。

何かの事件だとしたら、加害者が、まだ付近にいる可能性もあるのだ。

夜露《よつゆ》に濡れた草に滑らないように気をつけて、梢は土堤の下へと降りた。

羽織《はおり》と袴をつけた武士が、俯《うつぶ》せに倒れていた。その背中に、脇差《わきざし》が深々と突き立てられている。出血が夥《おびただ》しい。

「もし……もし」

肩を揺すってみたが、まだ温《ぬく》もりは残っているものの、反応はなかった。

溜息《ためいき》をついた梢は、死骸の顔に提燈を近づけて、

「こ、これはっ」

ひどく驚いた。三十過ぎの面長《おもなが》の顔に、噴怒と無念の表情がこびりついていたが、それに驚いたのではない。

「戸田様……！」

死骸は、村岡道場の高弟・戸田小左衛門だったのである。

その時、

「何かあったのか」

土堤の上から声がかかった。梢が顔を上げると、提燈を持った二人連れが、こちらを見ている。

「北町奉行所の水野哲太朗《みずのてつたろう》だ。そこを動くな!!」

寛永十六年――二月半《なか》ばの春の夜のことであった。

二

「新三の旦那! 捜しましたぜっ」

その翌日、鷹見新三郎――髪結《かみゆい》新三が、材木町《ざいもくちょう》通りから海賊橋《かいぞくばし》を渡ろうとした時、背後から呼び止められた。

「おう、親分か。どうしたんだ」

やってきたのは、新三が懇意にしている新乗物町《しんのりものちょう》の岡《おか》っ引《ぴき》・弥太五郎《やたごろう》であった。搗《つ》きたての餅で造ったように肉づきのよい顔に、ただならぬ緊張が浮かんでいる。弥太五郎は、手拭《てぬぐ》いで額の汗をふきながら、

「お仕事ですかい」

片襷《かただすき》に台箱を下げた姿の新三は、

「見ての通りだ。これから、坂本町《さかもとちょう》の薬種問屋《やくしゅどんや》へ行こうと思っていたのだが……何か、あったのか」

「へい。実は――」

弥太五郎が耳打ちすると、今度は、新三の顔が強《こわ》ばった。一瞬険しい目で岡っ引を見つめてから、さっと周囲を見まわして、

「こんな往来では、話ができん。あの店で、どうだ」

二人は、近くの居酒屋へ入り、奥の小座敷に上がった。注文をして、互いに卓に目を落としたまま、黙りこむ。

浅黒い堅肥りの娘が徳利《とっくり》と肴《さかな》を持ってくると、新三は、土間《どま》へ続く障子《しょうじ》を閉じて、

「それで……梢が捕縛されたというのは、一体、どういうことなのだ」

「俺も、昼前に聞いたばかりなんですがね――」

昨夜、北町奉行所の同心《どうしん》・水野哲太朗が、岡っ引を連れての夜廻《よまわ》りの途中に、船河原橋の近くの土堤下で、刺殺された死骸のそばにいる長谷川梢を見つけたのは戌《いぬ》の中刻《ちゅうこく》――午後九時ごろであった。

死骸の状態から、犯行は発見直前と思われた。凶器が、背中に突き刺さったま

まの脇差なのは明白である。そばには、その鞘《さや》も落ちていた。更紗《さらさ》の財布も盗まれていた。

そして、梢は、帯に大刀《だいとう》しか差していなかった。

「喧嘩沙汰か、遺恨《いこん》か。まさか、仇討《あだう》ちではあるまい。事情を説明してもらおう」

梢の姓名や住居《すまい》などを聞いた上で、水野哲太朗は、冷たい声で尋問する。

「何を申されます。わたくしは、偶然、この死骸を発見したまで。わたくしが殺《あや》めたのではありません」

「この脇差は、お手前の物ではないと言われるのか」

「違います」

「では、ご自分の脇差は、どうなされた」

「わたくしは、初めから大刀しか帯びておりませぬ。以前は大小を差しておりましたが、女ゆえ身の捌《さば》きが重くなりますので」

水野同心は、その答に納得せず、近くの自身番《じしんばん》で執拗《しつよう》な尋問が行《おこな》われたが、梢の疑いは晴れなかった。

女の身でありながら、男装をしていることや、村岡道場の師範代格であることである。

が、余計に疑惑を深めた。

しかも、殺されていたのが、同じ道場の師範代的立場にある戸田小左衛門なのである。

村岡兵庫は、ここ一月《ひとつき》ほど病床にあり、門弟の間では、後継者の問題が取り沙汰されていたという。女道場主の地位を狙った梢が、小左衛門を呼び出して、隙《すき》を見て刺殺した――と水野哲太朗が推理したとしても、仕方のないことであった。

結局、犯行否認のままで、梢は大番屋《おおばんや》に送られたという。弥太五郎は、これらの話を、手札親《てふだおや》である同心の木島慶之進《きじまけいのしん》から、聞かされたのだった。

「俺が言うのは何ですが……どうも、梢様には分が悪いですな」

樽《たる》のような肥満体の岡っ引は、乾いた喉《のど》に冷や酒を放りこんだ。

「夜の夜中に、軽子坂を下って赤坂へ帰る途中にホトケを見つけたのならともかく、船河原橋を渡って東へと向かった理由を頑としておっしゃらない。これはどうしたって、水野の旦那の心証が悪くなりますよ」

「梢は――」新三は言った。

「俺のところへ来るつもりだったのだろう」

弥太五郎は、ぽかんとした表情になって、

「あ、なるほど……」

己《おの》れの迂闊《うかつ》さに、舌打ちしたくなった。

長谷川梢が新三の通い妻同然の仲だと知っていながら、濠沿いに歩くと天王町に至ることを、思いつかなかったのである。

同時に、梢がそれを口にしなかった理由も、わかった。

蓮《はす》っ葉《ぱ》な奔放娘《いたずらむすめ》ならいざ知らず、浪人とはいえ、梢は武家《ぶけ》の娘だ。武家の娘の嗜《たしな》みとして、夜中に愛《いと》しい男の家へゆく途中だった——などと、言えるわけがない。

「それに……私にも無用の疑いがかからぬようにと、配慮したのだろう」

「はあ」

苦悩の翳《かげ》を宿した新三の顔を、弥太五郎は、見るに忍びない気持ちだった。

(新三の旦那のご気性からして、梢様がご自分のことを思って不利な立場になったというのは、耐えきれないだろうな)

だからといって、正式な婚約者でもない浪人髪結の新三が、梢の行動の一部を釈明したところで、彼女にかけられた容疑を晴らすことはできないのだ。

「だが、町奉行所でも、梢を下手人《げしゅにん》と断定しかねているようだな」

「そうなんです。本当なら、すぐにも小伝馬町《こてんまちょう》の牢屋敷送りになっても、不思議じゃありません。ところが――仮に、梢様が下手人だとしても、村岡道場にはもう一人、本郷庄次郎って旦那がいる。戸田という旦那がホトケになれば、次の道場主は本郷の旦那に決まったようなものだ。するとし、梢様が道場主の座を狙って戸田の旦那を殺したという動機は、成立しなくなります。それに、梢様は、ホトケの財布も持っていなかったそうですから」

「私が以前から聞いていた話では……」

新三は、ようやく、杯《さかずき》を口に運んでから、

「戸田と本郷は、犬猿の仲だったそうだ」

戸田小左衛門は三十代前半で、油漆奉行《あぶらうるし》配下の同心《どうしん》という御家人《ごけにん》である。禄高《ろくだか》は、十五俵一人半扶持《ぶち》。

本郷庄次郎の方は、まだ二十五、六。家禄三千二百石の旗奉行・本郷内膳《ないぜん》の次男であった。

貧乏御家人と大身《たいしん》の旗本の次男坊――これだけでも対照的だが、小左衛門は面長の痩身、庄次郎の方は筋肉隆々の巨漢というから、外見まで正反対だ。

稽古のつけ万も、小左衛門は丁寧でわかりやすい。庄次郎は厳しくて、荒っぽい。それなら、小左衛門の方が門弟たちに人気があるかというと、これがそうでもないのだ。

たしかに小左衛門は人当たりが柔らかいので、慕っている者も多い。

しかし、村岡道場の門弟のほとんどは、お目見得《めみえ》以上の旗本の息子だから、御家人の戸田小左衛門を、どうしても軽く見てしまう。

それに、本郷庄次郎は、稽古こそ乱暴だが、親分肌の豪放な性格だ。短気で怒ると手がつけられないが、普段は陽気な面倒見《めんどうみ》の良い男なので、自然と人が集まってくる。

両者の腕前は、ほぼ互角。そして、二人とも道場主の座に野心があった。

小左衛門の方は、貧乏御家人よりも、富裕な旗本の子弟を門人に抱えた道場の主人《あるじ》の方が、ましな暮らしが出来る。

庄次郎は次男で部屋住みの身だから、いずれ、どこかに養子口を捜さねばならぬ。

だが、下手《へた》に養子にいって、窮屈な思いをするくらいなら、道場主になって毎日、木刀を振るっていた方が気が楽だ。

ただでさえ、あまりの仲の良くなかった二人が、目の前に〈次期道場主〉という餌をぶら下げられたものだから、その感情的な対立は決定的になってしまったのだという。

「なるほど。すると……本郷庄次郎が、邪魔な戸田小左衛門を闇討《やみう》ちに？」

「それはどうかな」と新三。

「梢の見たところでは、剣の腕は本郷の方が上だそうだ。ならば、正々堂々と道場で戸田と試合をした方が、早道だろう。闇討ちの件が発覚したら、次期道場主どころではない。自分は死罪で本郷家は断絶だ」

「じゃあ、辻斬りですか。財布も盗んでますしね」

「それも妙な話だ。財布を取っていったのは当然として、なぜ、脇差と鞘を置いていったのだ。それに、屋内ならともかく、野天の辻斬りなら、大刀を使った方が確実だろう」

「ははあ」

弥太五郎は、二段顎《あご》を撫でる。

「もっとわからないのは、戸田を突き殺していることだ。背後からの辻斬りなら、袈裟懸《けさが》けにするのが普通だと思うが……」

「と、とにかく、旦那。俺も精一杯に調べてみますから、くれぐれも早まった真似だけは、しないでくださいよ」

「早まった真似だと」

「旦那のご気性なら、梢様を助けるために大番屋に乗りこみかねないからね」

「ふむ。その手があったか」

真面目な顔でそう言うと、新三は立ち上がった。

「旦那……まさか、本気でっ」

弥太五郎は全身に、冷汗《ひやあせ》が噴き出してくるのを感じた。が、新三は台箱を彼に渡して、

「親分。すまんが、こいつを私の家へ届けておいてくれ。行くところがある」

「やっぱり、大番屋ですか」

「いや……別のところさ」

三

「来たか、新三」

書院へ入ってきた小柄な老武士の表情を見て、新三は、事件を説明する必要が

ないことを知った。

「御老体《ごろうたい》、すでにご存じのようですな」

「梢の事だろう。村岡兵庫から文《ふみ》が来た」

老武士は、上座に着きながら言う。

神田駿河台《かんだするがだい》の錦小路《にしきこうじ》にある大久保彦左衛門の屋敷──岡っ引の弥太五郎に仕事道具を預け、新三がやってきたのは、ここであった。

「お前の家にも使いを出しておいたのだが、どうやら行き違いになったようだな。実は──」

旗本肝煎の老人は、悪戯《いたずら》っぽく笑って、

「わしは、先ほど、北町奉行に会ってきたばかりだ」

「私も、それをお願いするつもりでした。して……如何《いかが》でしたか」

「うむ。お前は気づいておろうが、梢は捕縛された時に、惚《ほ》れた男の家へ行く途中であった。それを言わないので、余計に疑惑が濃くなったわけだが──安心せい」

彦左衛門は、ぴしりと白扇で膝を叩いて、

「わしが酒井因幡《さかいいなば》の奴を、『無辜《むこ》の女人に縄目の恥辱を与え、牛か馬のように大番屋に繋《つな》いで、さぞかし、ご先祖に対して鼻が高いことでござろうな。わしのように、先祖に恥じぬようにと奮《ふる》い立ち、戦《いく》さ場《ば》で命賭けの働きをした者から見れば、ただ、ただ、羨《うらや》ましい限りでござる。いや、天晴《あっぱ》れなお手柄《てがら》』とまあ、夕餉《ゆうげ》が喉を通らなくなるくらい、いびっておいたからな。明日か明後日には、梢は大番屋から出されるだろう」

長谷川梢を釈放しろ——と彦左衛門が旗本肝煎の権威を押し立てて、真正面から要求すれば、酒井因幡守忠知《ただとも》も、意地になって断っていただろう。だが、からめ手で、ねちねちといびられると、かえって意地を張る気力も萎《な》えてしまうのだ。

「有難うございます」

両手をついて、心から頭を下げる新三であった。

「だが、それは、梢の疑いが晴れたからではない。酒井因幡がわしの顔を立てて、一応、村岡兵庫に身柄を預けるという形になったにすぎぬ。このままでは、いつまた、再び捕縛されぬとも限らぬぞ」

「最善の策は、本当の下手人を捜すことですな」

「それよっ」

彦左衛門は、白扇を突き出した。

「何が、それなのでございますかな」

脇から口を出したのは、大久保家用人《ようにん》の笹《ささ》尾《お》喜《き》内《ない》である。運んできた茶を、主人と新三の前に置きながら、

「あまり興奮しすぎると、いつぞやのように、式台で転んで腰を打ちますぞ。あの時は、三日ばかり寝こまれましたな」

「くだらない事を申すな。大体、用人のお前が、なぜ、茶など持ってくる。金吾《きんご》は、どういたした」

「若党の林《はやし》金吾なら、昨日、御前《ごぜん》が落とした雷の凄まじさに、泡をくらって逐《ちく》電《でん》いたしました。今頃は、房州《ぼうしゅう》の実家に戻って、畑でも耕しておりましょう。唐天竺《からてんじく》まで捜しても、このお屋敷ほど奉公人づかいの荒い屋敷はないと、江戸の口《くち》入《い》れ屋《や》の間で噂になっているそうで」

「馬鹿な話をしておらんで、喜内。茶を置いたら、さっさと引っこめ」

「わかりました」

と喜内は素直に叩頭《こうとう》して、

「鷹見殿、こんな口喧《くちやかま》しい御前でも時には役に立つことがあります。梢殿のことは、ご案じあるな」

「お気遣《きづか》い、畏《おそ》れ入ります」

新三が礼を言うと、笹尾喜内は、彦左衛門に怒鳴りつけられる前に、急いで退《さ》がった。

「口喧しいとは誰のことだ、まったく……話の腰を折られたが、新三。下手人の手がかりがあるのだがな」

「ほう、それは」

「北町奉行所まで押しかけた序《つい》で——と言っては何だが、戸田小左衛門の背中を貫いていた例の脇差というのを、見せてもらった。ところが、これが見覚えのある品でな」

彦左衛門は手柄顔になって、

「室町《むろまち》に、〈会津屋《あいづや》〉という武具屋がある」

「店の場所は知っています」

「あそこの先代の主人とは、懇意にしていてな。困窮した旗本が、先祖伝来の槍や刀を手放す時には、わしが無理を言って、なるべく高く引き取らせたものだ。そういうわけで、今でも、たまに様子を見にゆくのだが——」

半月ほど前、会津屋へ立ち寄った彦左衛門が、番頭《ばんとう》の太兵衛《たへえ》に、「何か面白いものはないか」と言ったところ、目の前に出されたのが、貞宗《さだむね》の脇差であった。

彦四郎貞宗《ひこしろうさだむね》――鎌倉《かまくら》時代末期から南北朝《なんぼくちょう》時代に活躍した刀匠《とうしょう》である。日本一の刀匠と言われる五郎入道正宗《ごろうにゅうどうまさむね》の弟子の一人で、正宗の作風を最も継承しているという。

元和《げんな》年間、二代将軍秀忠《ひでただ》の娘――実は姪――の振姫《ふりひめ》が、伊達政宗《だてまさむね》の嫡子《ちゃくし》である美作守忠宗《みまさかのかみただむね》に嫁入りする時に、秀忠が政宗父子に二振《ふり》の脇差を与えた。

この脇差が、貞宗だった。当時、つけられた値が、百両である。

「相州《そうしゅう》のご浪人が持ちこまれた物でして、いつもお世話になっております御前様でしたら、七十両で宜《よろ》しゅうございます」

川獺《かわうそ》のような顔をした太兵衛は、押しつけがましく言った。

「なるほど。本物の貞宗なら、七十両は買い物じゃのう」

大久保彦左衛門は懐紙《かいし》を口に咥《くわ》えて、その脇差を手にした……。

「――貞宗の刀は無銘がほとんどで、在銘の物も、真贋《しんがん》が疑わしいと聞きましたが」

「うむ。たしかに、身幅も広く峰も伸びて、湾《のた》れ刃《ば》ではあったが……その脇差も贋物《にせもの》じゃったよ。地沸《じわき》や地景の具合が違っていた。わしは、二代様に本物の貞宗を見せていただいたことがあるから、よくわかった」

彦左衛門は、がぶりと茶を飲んだ。

「七十両とは、よくも吹っかけたものよ。無銘刀なら、いくらでも誤魔化《ごまか》しはきくからのう。先代の時から、わしに無理のごり押しされた仕返しのつもりじゃろうて」

「で、その脇差が……」

「戸田小左衛門殺しの脇差は、まさに、会津屋で見たのと同じ物であった。どういうわけか、わしは、それを酒井因幡にも係の同心にも、話すのを忘れてしまったがな」

老旗本は、にやにやと笑う。

「町奉行所の者も脇差の出所を捜して聞きこみをするだろうが、会津屋は関わりになるのを怖れて、自分からは打ち明けるまい。どうだ、新三。これは大《たい》した手がかりだろう」

「まことに」

新三の顔が、怖いほどに引き締まった。

「戸田の家族には、梢が出て来ても仇討ちなどという早まった事はしないように、わしから手をまわしておく。だが、それとて、いつまでも押さえきれるものではない。梢を救うためには、一日でも早く本物の下手人を見つけだすこと。これだぞ、新三」

四

新三が大久保彦左衛門の屋敷を尋ねた、その翌日である。

丁稚《でっち》と一緒に在庫調べを終わって、蔵から出てきたお秋《あき》に、番頭の太兵衛が声をかけた。

「旦那様」

「廻り髪結の新三というご牢人《ろうにん》が、見えていますが」

「ああ、辰巳屋《たつみや》さんから紹介状が届いてた人だね。ちょうどいい、あたしの部屋へ通しておくれ」

「わかりました」

お秋は、会津屋の先代主人・四郎兵衛《しろべえ》の後家《ごけ》で、今は女主人である。

昨年の夏、四郎兵衛が食あたりで急死したが、彼には子どもがなかった。

夫婦仲がいいのに子宝に恵まれないのは、四郎兵衛が若い頃に悪所《あくしょ》で散々遊んだから子種が尽きたのだ――と陰口《かげぐち》を叩かれたものだが、その真偽はさておき、差し当たっての問題は店の跡取りである。

親戚から養子をとるという事も考えたが、これといった人物がいなかった。下手な奴を養子に貰って、折角《せっかく》の身代《しんだい》を喰《く》い潰《つぶ》されたのでは、何にもならない。

番頭の太兵衛も金勘定は得意だが、この大店《おおだな》を譲るような器《うつわ》とは思われぬ。

そこで、お秋が、「あたしが切りまわしてみましょう」と親戚一同や商売仲間に挨拶して、正式に会津屋の女主人になったのである。

お秋は、四郎兵衛とは一回りも違う、二十九歳の年増《としま》盛りだ。

愛宕下《あたごした》の古道具屋の次女で、女ながら、小さい時からの商売好き。

もしも、嫁の貰い手がなかったら、父親から資金を借りて自分で小商《こあきな》いをやりたいと思うほどだった。

縁があって、会津屋四郎兵衛に嫁《とつ》いだが、武具屋の女房となってからも、それとなく道具の目利《めき》きを修業して、病死する直前の四郎兵衛が「近ごろでは、お前の目利きの方が確かなようだ」と苦笑したほどである。

これほどの女だから、会津屋の新しい主人となって身代を減らすどころか、売り上げを順調に伸ばす有様。奉公人たちの統制も抜かりはなく、最初のうちは冷淡だった親戚たちも、最近では、あれは先代よりも商売上手《じょうず》——と誉《ほ》めそやすほどであった。

いずれは、養子をとって跡取りにせねばなるまいが、今は、自分の好きなように経営手腕を発揮できて、しごく満足なお秋である。

ただひとつ困るのは、閨《ねや》の寂しさ。

十三年間の結婚生活で、夫婦和合の妙味をたっぷりと知ってしまったお秋であるから、孤閨《こけい》の寝苦しさもまた、ひとしおだ。

だが、亭主が死んで丸一年もたたぬうちに、芳町《よしちょう》あたりの蔭間茶屋《かげまぢゃや》で、美少年と遊んだりしたら、世間から何を言われるか、わかったものではない。

女主人だという弱みを見せぬためにも、奉公人に手を出すわけにはいかなかった……。

そういうわけで、自分の座敷へ戻った女主人・お秋の肉体は、ひどく餓えていたのである。

「旦那様、お連れしました」

太兵衛の声がしたので、お秋は顔を上げた。

その瞬間、はっと息を呑んでしまう。

廊下に端座《たんざ》した新三の美貌に、驚いてしまったのだ。

肌が白く細面《ほそおもて》で、役者のように整った顔立ちだが、さすがに武士だけあって、色子《いろこ》めいた軟弱さは微塵《みじん》もない。

新三が型通りの挨拶をすると、太兵衛は女主人の態度にも気づかずに、表へ戻った。

「新三さんでしたね。辰巳屋さんからは、大層、腕のいい髪結と聞いています。さっそく、お願いしましょうか」

内心の興奮を悟られぬようにと、お秋は、わざと高慢な口調で言う。

「では、失礼して――」

台箱を持った新三は、座敷へ入ると、お秋の背後に位置した。

両手で髷《まげ》を解《と》いて、まずは髪梳《かみす》きから始めるのだが、美貌の若い牢人者に髪を梳かれていると、お秋はそれだけで、呼吸が乱れるのを押さえきれない。

相手が、目の前ではなく背後にいて見えないことが、余計に気持ちを昂《たか》ぶらせるのだ。

新三の指が、耳や首筋に触れると、女体の深淵から暖かい泉が湧きだすのを感じる。

「会津屋さん、どうかなさいましたか。何か、苦しそうだが」

唇にかすかな嗤《わら》いを浮かべながら、新三は、わざとらしい声音《こわね》で訊《き》く。

「い、いえ別に……」

「失礼だが、熱でもあるのでは」

新三の右の掌《てのひら》が、そっと女主人の頬に触れた。そして、当然のように、そのまま顎から首、首から胸元へと滑り落ちる。

瞬《また》く間《ま》に、新三の手は、年増女の豊満な乳房をつかんでいた。柔らかく揉《も》む。

「……駄目、堪忍《かんにん》して」

やや間を置いてから、お秋は小娘のように、首を振った。だが、言葉とは裏腹に、自分から背後の男に、もたれかかってしまう。

「美《よ》い肌だ」

そう言った新三は、お秋を振り向かせて抱き締めると、その唇を吸った。女の方から積極的に、舌を差し入れてくる。

着物の裾前《すそまえ》を割って、内腿《うちもも》を撫で上げると、その部分は、葛湯《くずゆ》を流したようになっていた。繁みは濃く、面積が広い。

「主人に……主人に申し訳ない……」

「我がものにて極楽往生なされば、あの世でご亭主も安心されるであろうよ」

胡坐《あぐら》をかいた新三は、お秋に膝を跨《また》がせて貫く。孤閨を守っていた年増女は、浅ましいほど燃えた。

丸めた手拭いを咥えさせておかなかったら、その悦声《よがりごえ》の凄まじさに、表の奉公人たちが仰天することであろう。

自分から白い臀《しり》を振って激しく貪《むさぼ》るお秋に、新三は、冷たい貌《かお》で尋ねた。

「ところで、会津屋さん。貞宗の脇差——あれは誰に売ったのかね」

五

途中、湯屋《ゆや》で年増女の濃厚な匂いを洗い流した新三は、大久保彦左衛門の屋敷へ行って、会津屋のお秋から得た情報を報告した。

「ほほう、頭巾《ずきん》をつけた武士とな」

彦左衛門は、興味津々《しんしん》という態度で、身を乗り出す。

お秋が番頭の太兵衛に聞《き》き質《ただ》したところによると、戸田小左衛門が刺殺される三日前の夕方、羽織袴姿の武士が供も連れずに会津屋を訪れて、何か脇差を見せてくれ——と言ったという。

「なるほど。脇差と指定したのは、最初から、小左衛門殺しの得物《えもの》を物色しておったに違いないわ。それで、其奴《そやつ》が買ったのが、例の偽貞宗というわけか」

「太兵衛は、二十両で売ったそうです」

「二十両だと……」

危うく七十両で買わされそうになった彦左衛門は、渋面《しぶづら》になった。

「あの狸《たぬき》番頭め。今度、寄ったら、とっちめてくれるわ。——で、その武士は初めての客だったのだな」

「はい。頭巾をしたままだったので、人相もわかりませんが、体格のよい男で、三十前後に見えたそうです」

「それだけでは、どこの誰かはわからんな。だが、新三、良かったではないか。これで、梢の疑いは晴れるかも知れぬぞ。少なくとも、凶器となった脇差を購入したのは、梢ではないとわかったのだからな」

機嫌が良くなった彦左衛門だが、新三の方は、眉宇《びう》の憂《うれ》いが消えない。

「実は、御老体……その武士の羽織の紋は、〈桐車《きりぐるま》〉だったそうですが」

「何だっ、なぜ、それを早く言わん！」

老旗本の広大な額が、にわかに紅潮する。

「桐車と言えば、本郷庄次郎の家紋ではないか。体格のよい武士といったな。その特徴は、奴にぴったり。そうか、村岡道場の跡目を狙っての凶行であったか。これは早速、酒井因幡に教えてやらねばっ」

今にも脇息《きょうそく》を蹴って立ち上がりそうな勢いに、新三が、

「御老体。しばらく、お待ちください」

そう止めた時に、用人の笹尾喜内が転がるようにして、やってきた。

「大変です、御前」

「うろたえるな、喜内。何が大変じゃ。島津《しまづ》の軍勢が金杉橋《かなすぎばし》を渡ったのか。それとも、伊達の荒武者どもが千住宿《せんじゅじゅく》を焼き払ったとでも申すか」

「た、たとえ戯《たわむ》れにでも、そんな怖ろしい例えは、おやめください」

「旗本の用人たる者は、そのぐらいの事が起こってから、初めて大変と口にするものぞ。で、何があった」

「本郷庄次郎様がいらっしゃいました。もう、大変な剣幕で、御前に会わせろと」

「なに、本郷めが」

彦左衛門と新三は、顔を見合わせた。

「御老体。宜しければ、私が会いましょう」

新三は中庭に降りた。

そこへ、喜内の案内で本郷庄次郎が、やってくる。背丈は、やや高い程度だが、肩幅が異様に広く分厚い軀《からだ》つきであった。

その羽織に桐車の紋が打たれているのを、新三は見た。庄次郎は、彦左衛門と新三を交互に睨みつけて、

「大久保の御老体、仮にも旗本の子である拙者《せっしゃ》を、座敷ではなく中庭に通すとは、いかなる所存《しょぞん》かっ」

「この彦左衛門、年はとっても耳は確かじゃ。そのような大音声《だいおんじょう》でなくても、よく聞こえる。旗本の看板《かんばん》を振りかざすなら、その無頼漢《ぶらいかん》のような物腰を改めてはどうかな」

「ぶ、無頼漢と申されたか……」

鬼瓦のような庄次郎の顔が、さらに朱《しゅ》を注《そそ》いだようになったが、やや呼吸を鎮《しず》めて、

「御老体。戸田の家族に、長谷川梢が下手人ではないから、仇討ちはするなと申したそうですな」

「ああ、言ったよ。それがどうした」

「梢でないとしたら、誰が下手人だというのだ。道場の者たちは、拙者が戸田を闇討ちにして、その罪を梢になすりつけたと噂しておるぞっ」

「ほほう」彦左衛門は面白そうに、

「本当に、そうなのか」

「馬鹿を言わっしゃい！」

本郷庄次郎は、両眼から火を噴きそうなほど激怒した。

「年寄りといえども、今の言葉は許せん！　謝罪せよ、さもなくば――」

「私がお相手しよう」

新三が、冷ややかな口調で言う。

「何だ、貴様は！　牢人風情の出る幕ではないっ」

「私の名は、鷹見新三郎」

「鷹見……」

巨漢は、改めて新三を睨みつけて、

「そうか。貴様が、話に聞いた梢の情人《いろ》か。ふふん、面白い。剣の立合《たちあい》は、女を誑《たぶら》かすのとは訳が違うぞ。その痩腕《やせうで》で、わしの伊吹新流に勝てるか」

「敗《ま》けるのが怖ければ、そのままおとなしく引き取っていただく」

「ほざいたなっ！」

本郷庄次郎は、さっと大刀を抜き放った。

右八双《みぎはっそう》に構える。新三は、半身《はんみ》になったまま、動かない。それを見た庄次郎は、毛虫のように太く濃い眉毛をしかめて、

「脇差居合《いあい》か……まさか、戸田を殺《や》ったのは、貴様ではあるまいな」

「その刀で確かめられるがよかろう」

「おうっ」

だだっ、と間合《まあい》を詰《つ》めて新三の左肩へ斬りこんだのは、見せ太刀《だち》であった。

新三が、斜めに後退して、その一撃をかわすと、地面すれすれに刃《やいば》を返して、鋭く踏みこみながら、片手で斜め上へと斬り上げた。

並の兵法者ならば、その片手逆袈裟《ぎゃくけさ》斬りで、両断されていたであろう。

だが、新三の動きは、庄次郎の予測を遥かに上まわっていた。その逆袈裟をかわしつつ、庄次郎の左側へまわりこむ。

空《くう》を斬った庄次郎の剣先が、斜め上を指したのと同時に、その首筋に、脇差の刃が押し当てられていた。新三が、彼の左側にまわりこみながら、目にも止まらぬ迅《はや》さで、右手で腰の脇差を抜き放ったのである。

「う……」

本郷庄次郎は、動けなくなった。ほんの少しでも軀を動かせば、ぱっくりと喉笛が口を開いて、血潮を噴出させることであろう。

「――筋はよい」

新三は静かに言った。

「だが、攻めがいささか荒いようですな」

一歩退がって、新三は脇差を鞘に納めた。

庄次郎は、そのまま、地面に膝をついてしまう。己れの敗北が、未だに信じられないという表情であった。

新三は、彼と距離をとってから、

「本郷殿。会津屋へは、よく行かれるのか」

「あ……会津屋？」

庄次郎は、ぼんやりした顔で訊き返す。

「どこの店だ、それは」

新三は、彦左衛門と視線を合わせた。

真剣勝負の後の虚脱状態において、とっさに嘘をつくことが出来る人間は、ほとんどいないのである。

六
「旦那、あの女でさ」

裏買《うらが》いの善伍《ぜんご》が目で示しながら、囁《ささや》いた。

「なるほど、更紗の財布を持っているような玉ではないな」

新三も頷《うなず》く。

鳥越明神《とりごえみょうじん》の門前町——その露地裏には、得体《えたい》の知れぬ連中が棲みついている一角があった。大半は、常習犯罪者か、その予備軍である。手配書の廻っている凶状持ちなども、潜伏していた。つまり、無法街だ。

大久保屋敷で本郷庄次郎に圧勝した日から、二日後の午後である。歩きまわると汗ばむような、よい天気であった。

新三は、鉄色の着流しに脇差のみを帯びている。彼も善伍も、辻売りの酒を舐《な》めながら、立ち話をしている風を装っていた。

盗品などは、盗人《ぬすっと》が直《じか》に古物商に持ちこむと、当然のことながら、足がつきやすい。

そのため、江戸の暗黒街では、仲介者に盗品を渡して安全に換金してもらうシステムが、自然発生的に生まれた。この仲介者が、〈裏買い〉である。〈裏買い人〉ともいう。現代の言葉で言えば、〈故買屋《こばいや》〉に近い。

盗人や掏摸《すり》は、この裏買いに品物を渡し、裏買いは配下のごろつきなどに、それを古物商に持ちこませる。そして、売値の四割を手数料として、残りの六割を依頼者へ渡すのだ。

暗黒街の仁義として、古物商に持ちこんだごろつきは、町奉行所に捕まっても、その品物は拾っただけと申し立てて、絶対に口を割らない。だから、依頼者の盗人にまで、捜査の手が伸びることはなかった。

その代わり、裏買い人は、牢内の付け届けから何から、すべて面倒を見る。また、依頼者の方も、換金できなかった場合は、一文も貰わずに諦《あきら》めるのだ。それどころか、ごろつきの面倒を見るのにかかった経費の一部を負担する決まりである……。

その裏買いの中でも実力者と言われる善伍と、新三は親交があり、戸田小左衛門の盗まれた財布の事を頼んでおいたのである。

そして、昨日、盗まれた更紗の財布を善伍に持ちこんだ女がいた。善伍は、乾《こ》分《ぶん》にこっそりと後を尾行させて、女の塒《ねぐら》を突き止めさせたのだった。

女の名は、お島《しま》。年は十九だが、長いこと日陰道を歩いてきたらしく、太々《ふてぶて》しい女悪党だという。

そのお島は、居酒屋の前の縁台に座って、路上博奕《ばくち》の鴨《かも》を物色していた。

「あの女が、御家人殺しの下手人ですかね」

「さあ、それはどうかな。とにかく……当たって見よう」

空《から》になった湯呑みを善伍に渡して、新三は、ゆっくりと縁台の方へ歩いた。美貌の牢人者に、因縁《いんねん》をつけようとした無法街の住人たちは、彼の貫禄に負けて目を伏せる。

「姐《ねえ》さん、手遊びかね」

偶然に、お島が持っている賽子《さいころ》と茶碗を見つけた振りをして、新三は立ち止まった。

「あら、美《よ》い男。お暇《ひま》なら、儲けていきませんか、旦那」

品はないが、厚い官能的な唇をした、すこぶる色っぽい女であった。髷を結わずに、先端を元結《もとゆい》で括《くく》っただけの大きな房を、左肩から胸元へ垂らしているのも、自堕落《じだらく》だが、好色な雰囲気を盛り上げている。襟元《えりもと》を緩めているので、大きな乳房の谷間が、よく見えた。

「儲けるどころか、骨の髄まで吸い取られるのではないか。もっとも、姐さんのような美女に骨抜きにされるのは、男冥利《おとこみょうり》に尽きるというものだが」

「お武家なのに、お口上手だね。惚れちまいそうだよ」

「では、遊ばせてもらうか」

お島がやっているのは、〈雲助博奕《くもすけ》〉という簡単なギャンブルだった。茶碗の中に、胴元が一個の賽子を投げ入れる。一・二・三は、小目。四・五・六は、大目。

客は、小目か大目のどちらかに張り、当たれば倍返しというものだ。街道の駕籠搔《かごか》きたちが、客待ちの間の暇つぶしにやり出したもので、雲助博奕と呼ばれるようになったのである。

新三は、賽子を三回続けて振らせてもらい、如何様賽《いかさまざい》でないことを確かめてから、勝負に挑んだ。

一朱《しゅ》から賭け始めて、いくらもたたないうちに、新三は三両近く負けてしまった。

「どうする、旦那。もう、店仕舞いしちゃどうですかね」

「馬鹿を申すな。これからが、本当の博奕の醍醐味《だいごみ》だ」

お島の挑発に、あっさりと乗った振りをして、新三は賭けを続ける。大体の出目がわかったので、今度は、本気になって張っていった。すると、お島の方が喰われ出した。

四半刻《しはんとき》――三十分後には、お島の負けは十両ほどになっていた。新三の方は、現金で賭けていたが、お島は途中から、空払《から》いになっている。

「そちらの言葉通りに、ずいぶんと儲けさせてもらったようだ。姐さん、そろそろ清算してもらおうか。七両と一分だ」

「わかりました。持ち合わせがないから、ちょいと、あたしの家まで来てくださいよ。ほんの、すぐそこですから」

「いいだろう」

二軒長屋の左側が、お島の家であった。部屋数は三間《さんま》で、小さな台所がついている。

その一番奥の座敷へ、新三を誘い入れたお島は、すぐに諸肌脱《もろはだぬ》ぎになって、豊満な乳房を露出した。

「わかってるんでしょ、旦那。今は、お金がないのよ。だから、あたしの軀で払わせて」

立ったままの新三の足に、すがりつく。

「負けは、七両一分だぞ」

「だから、気が済むまで嬲《なぶ》ってくださいな。どんな破廉恥《はれんち》な真似でもするわ。まずは、あたしの舌技を味わって……」

お島は、新三の着物の前を開くと、下帯《したおび》の中から男のものを取り出して咥えた。

唇による愛撫を続けている内に、自分でも我慢できなくなったらしいお島は、獣の姿勢をとって彼を求める。

擦《す》れっ枯らしにもかかわらず、お島の肌は、まだ新鮮さを保っていた。

その長い髪の房を手綱《たづな》代わりにして、背後から余裕たっぷりに責めると、お島の方が本気になった。牝犬のように淫らに腰を振って、恥も外聞もなく悦声《よがりごえ》をあげる。

片膝立ちの新三は、その耳元に唇を寄せて、

「お島。あの財布は、どこで手に入れたのだ」

「さ……財布……？」

あまりにも強烈な快楽に、女の目は焦点が定まらず、惚《ほう》けたようになっている。

「更紗の財布だよ」

「あ……あれは市助《いちすけ》が……」

唇の端から涎《よだれ》を垂らしながら、お島がそう言った時、裏庭から土足で踏みこんできた若い男がいた。

「お島っ、この売女《ばいた》め！　てめえは何だっ」

片滝縞の袷《あわせ》を着た男は、懐《ふところ》の匕首《あいくち》を抜いて、新三に突きかかる。

が、新三の左手が閃《ひらめ》いて、銀色の弧《こ》が光るや、男の右手首は匕首をつかんだまま、血の尾を曳《ひ》いて吹っ飛んだ。それは、安普請《やすぶしん》の壁に当たって、畳の上に転がる。

「へ……？」

どくどくと鮮血が噴き出す手首の切断面を見ながら、男は、その場にへたりこんだ。

恐怖のあまり、全身をわななかせて気絶したお島の肉体の奥に、新三は、したたかに放つ。

七

「でも、今でも信じられませぬ」

天王町の家、その湯殿の中――新三の広い背中を糠袋《ぬかぶくろ》でこすりながら、長谷川梢は言った。

「戸田様の死が、自業自得だったなんて……」

多くの事件がそうであるように、戸田小左衛門の〈刺殺〉もまた、その真相は、屈折した欲望の産物であった。

新三に片手を斬り落とされた市助が、医師の手当てを受けた後に、切れ切れに自白したところによると――あの夜、牛込にある大名家下屋敷《しもやしき》の賭場《どば》で大敗けした市助は、素《す》っ寒貧《かんぴん》になって出てきたところを、痩身の武士に呼び止められた。

それが、戸田小左衛門であった。

小左衛門は、市助を船河原橋の近くにある大きな柳の木の下へ連れてゆくと、

「頼みたい事がある」と持ちかけた。

彼は、持っていた木箱の中から、偽貞宗の脇差を取り出して市助に渡し、これで自分の背中に斬りかかるように――と頼んだのである。

驚く市助に、小左衛門は笑みを浮かべて、

「心配いたすな。気が触れているわけではない。実はな、わしと、ある道場の次期当主の座をめぐって争っている男がいてな。道場主の座は、其奴の方が、わしよりも上。だから、このままでは、その男に決まりそうな雲行きなのだ。悔しいが、仮に試合をしたとしても、わしには勝つ自信がない。そこで、わしは、その男に闇討ちされたことにしようと思う」

「や、闇討ち……？」

「そうだ。誰とも知れぬ者に、いきなり背後から斬りつけられた。すぐに抜き合わせて、返り討ちにしようとしたが、相手は逃げ去ってしまった。ただ、その後ろ姿には見覚えがある……と弁《べん》じたてて、断定こそしないが、その男に疑いがかかるように仕向けるのだ。その男が激高して立合を申し出ても、背中の傷を理由に断れるし、立ち合って、わしが敗けても言い訳が立つ。粗暴で単純な男だから、疑いを晴らそうとして喚《わめ》いても、かえって、他の門弟の不審をかうだけだろう。

こうして、わしは、次期道場主の座を手に入れる——と、こういうわけだ」

「しかし、旦那。傷が深けりゃ、お陀仏《だぶつ》ですぜ」

「案ずるな。素人のお前に斬りかかられたところで、皮一枚の傷でかわす心得はある。ただ、浅手でよいから、自分では絶対に斬れない場所に傷が欲しいだけだ。腕や腹では自分で斬ったと疑われるからな」

それでも、市助は躊躇《ちゅうちょ》したが、断れば只《ただ》では済まない雰囲気に気づいて渋々、承知した。無論、三両の報酬も魅力であった。

三枚の小判を前渡しされて、市助は、脇差を抜き放った。

小左衛門は、木箱を川に投げ捨てると、余裕たっぷりに彼に背中を向けた。

「袈裟だぞ。袈裟に斬るのだぞ」

その瞬間、はっと市助は気づいた。

なぜ、この侍は、木箱を捨ててしまったのだろう。狂言が終わった後に、この脇差を剝《む》き出しのまま、持って帰るつもりなのか。背中に負傷した侍が、余分な脇差を持って帰宅するなど、実に不自然ではないか。

この野郎、俺を斬り殺して口ふさぎするつもりだな、そのつもりで、あんなに詳しく事情を話したんだな——と市助は考えた。

自分の死骸に脇差を持たせたままにして、その競争相手が雇《やと》った刺客《しかく》に仕立てあげるつもりだろう。この野郎め、小判を取り出した更紗の財布には、まだ金が入っていたな……。

声をかけてから袈裟に斬り下ろすという約束だったが、市助は無言で、いきなり小左衛門に突きかかった。命を捨てたつもりで軀ごとぶつかるという、喧嘩剣法である。

たかがごろつき相手と侮《あなど》っていた小左衛門は、予想外の突きをかわすことが出来なかった。背中を貫かれた彼は、刀を抜く暇もなく絶命した。

市助は脇差と鞘を放り出すと、震える手で財布を奪い、あとも見ずに逃げ出したのである。そして、日を置いてから、情婦のお島に財布の処分を命じたのだった。

どこか、目立たぬ場所に捨ててこいと言われたお島であったが、幾らかでも金にしようと思い、市助に内緒で裏買いの善伍へ持ちこんだのであった。女の欲が、事件の解決に結びついたというわけである。

ちなみに、あの最中に市助が飛びこんできたのは、お島と打ち合せ済みの美人局《つつもたせ》ではなかった。「悪銭身につかず」の例え通り、小左衛門から奪った金は、数日間のうちに賭場で消えてしまった。

それで、女に金を作らせるつもりで帰宅したところ、見も知らぬ牢人と媾合《こうごう》しているのを目撃、かっとなって匕首で突きかかったのである……。

薄汚い真相が判明して、長谷川梢は、完全に疑いが晴れた。

皮肉なことに、病床の村岡兵庫は、感情の起伏の激しい本郷庄次郎よりも、性格の〈穏やかな〉戸田小左衛門に、道場を任せるつもりであったという。

それなのに、小左衛門は、肉襦袢か何かで体型を誤魔化し、わざわざ桐車の紋の羽織を着て、会津屋で脇差を購入したのだ。必要のない小賢《こざか》しい罠《わな》で庄次郎を陥《おとし》れようとして、逆に自分の墓穴《ぼけつ》を掘ってしまったのである。

村岡兵庫預りの身を解かれた梢が、真っ先に新三の家へ来たことは、いうまでもあるまい。

「――それで、村岡道場はどうするのだ」

梢が女道場主になるのも面白い、と新三は思いながら訊いた。

「それが可笑《おか》しいのです、新三様。どういう訳か、昨日の明け方に本郷様が道場に現れて、今まで一度もしたことのない掃除を始めたの。それから、広い床に汗が溜まるまで、熱心に素振りを……まるで人が変わったようだ、と先生もおっしゃっていました。あれが本心からのものなら、道場は本郷様に任せたいと……」

俺に敗けたことが転機になったのだろう――と新三は考えた。根が一本気だから、自分よりも強い者がいると知って、本気で剣の道に取り組む気になったのであろう。

「村岡先生は、こうもおっしゃっていました――戸田小左衛門は邪心のために滅んだのではない、いかに町人とはいえ、刀を手にした相手に無造作に背中を向けたこと自体が、兵法者として失格である。漢《おとこ》の背中は、みだりに相手に預けるものではない――と」

「確かに。村岡殿の言われる通りだ」

腰のあたりを手拭いで隠しただけの裸の梢は、くすっ……と笑う。

「でも、新三様。今は、わたくしに背中をさらしてらっしゃる」

「構わぬよ」

新三は、さらりと言った。

「お前に裏切られ殺されるのなら……この世に生きていても、仕方のないことだ」

「し……新三様」

堰《せき》を切ったように、梢の双眸《そうぼう》から、大粒の涙が溢《あふ》れでた。

己れの背中に頬を押しつけて嗚咽《おえつ》する娘の重さが、何か掛けがえのないもののように思われてならない、新三なのである——。

事件ノ六　大奥の牙《きば》

一

小石川《こいしかわ》にある水戸藩下屋敷《しもやしき》——その長く続く塀を左手に見ながら、鷹見新三郎《たかみしんざぶろう》は歩いていた。右手には武家《ぶけ》屋敷が並んでいる。

廻《まわ》り髪結《かみゆい》の新三郎——髪結新三《しんざ》は、大納言小紋《だいなごんこもん》の広袖《ひろそで》に片襷《かただすき》をかけ、角帯《かくおび》を締めて、右手に台箱を下げていた。左腰には、脇差《わきざし》を帯びている。

長身痩軀《そうく》、色白で顎《あご》が細く役者のように美しい容貌だが、甘さは微塵《みじん》もない。厳しい兵法修行を経た者に特有の引き締まった表情と、放蕩無頼《ほうとうぶらい》の味を識《し》っている者独特の投げ遣《な》り《や》な態度が、微妙に入り混じっている。

月代《さかやき》を伸ばしていて、右眉の上に一房《ひとふさ》の黒髪が落ちていた。切れ長の両眼は、他者を拒絶するような硬質の光を帯びているが、その奥には、何か熱い揺らめきのようなものが宿っている。

寛永《かんえい》十六年の陰暦三月初め、蕩《とろ》けるように暖かい陽射しの午後であった。右側の塀のところに、団子売りの担《かつ》ぎ屋台が出ていた。袖無《そでな》し半纏《はんてん》を引っ掛け、着物の裾《すそ》を臀《しり》っ端《ぱし》折《よ》りにした人足《にんそく》が二人、そこで茶を飲みながら、焼き団子を喰《く》っていた。

団子は、醤油のつけ焼きの五つ刺しである。

道の反対側には、彼らが引いてきたらしい大八車《だいはちぐるま》が置かれている。荷は、茣《ご》蓙《ざ》をかぶせた長持《ながもち》であった。

「そこでだ、俺が身繕《みづくろ》いして帰ろうとしたらな、妓《おんな》が泣いて引き止めるんだ。主《ぬし》さん、もう一度、今の極楽を味わわせておくれ、遊女になって五年、あたしゃ、こんなに燃えたのは初めて——と言いやがって」

「罪だねえ、お客さん」

「嘘も大概《たいがい》にしやがれ。おめえを引き止めたのは、吉原《よしわら》の遊女にあらずして、柳原土堤《やなぎはらどて》あたりの夜鷹《よたか》だろう。兄さん、二十文《もん》しかない、四文足りないよ——ってな」

「この野郎っ」

笑いながら馬鹿話をしている三人には目もくれずに、新三は道の真ん中を歩いてゆく。

と、団子売りの男が、いきなり焼き台に手をかけて、それを新三の方へ放り出した。

真っ赤に焼けた炭が、赤い猛鳥の群れのように新三に襲いかかる。

普通の者なら、あわてて左へ跳《と》びのいて、体勢を崩していたことであろう。

が、新三は、右手の台箱をさっと振ると、飛来した炭つぶてを悉《ことごと》く弾《はじ》き飛ばしてしまう。襲撃を予期していた動きであった。

「ちっ」

それを見た二人の人足は、懐《ふところ》から取り出した四方手裏剣《しほうしゅりけん》を放った。曲線を描いて飛んだ二本の手裏剣も、新三は見事に、台箱で受け止める。

が、その攻撃は陽動だった。

二人が手裏剣を打つのと、ほぼ同時に、団子売りが屋台の担ぎ棒を蹴って高々と跳躍していたのである。右手には、反《そ》りのない直刀《ちょくとう》を逆手《さかて》に構えていた。

水平方向から襲ってくる手裏剣に気をとられている間に、頭上から攻めるという策だ。

しかし、新三は、襲撃者三人の予想もしなかった手段に出た。手裏剣を受け止めた台箱を、降下しつつあった団子売りの胸元に投げつけたのである。

無論、何の手がかり足がかりもない空中で、自由に軀《からだ》を移動させることは鳥類ならぬ身には不可能だ。団子売りは必死で軀をひねったが、右肩に台箱が命中してしまう。

「ぐっ」

台箱は割れて中身の髪結道具が飛び散ったが、団子売りの肩もまた砕けた。

その時には、身を低くした新三が、滑るように走って二人の人足に向かっている。

二人は、次の手裏剣を打とうしていたが、それよりも早く、新三の右手が閃《ひらめ》いていた。

稲妻よりも迅《はや》く抜かれた脇差が、右の人足の頭部から左の人足の頭部へと走り、鈍い打撃音を響かせた。斬ったのではなく、峰打ちにしたのである。こめかみを打たれた二人は、脳震盪《のうしんとう》を起こして、声もなく倒れた。

振り向いた新三は、右腕が使えなくなった団子売りが、左手で直刀を構えようとしているのを見た。

　一瞬で間合《まあい》を詰《つ》めた新三の脇差の峰が、その首の付根《つけね》に叩きつけられる。

　団子売りも、がっくりと前のめりに倒れた。

　次の瞬間、長持の側面が開いて、根岸色《ねぎしいろ》の忍び装束を着た男が飛び出してきた。

　だが、何かに袖を引かれて動けなくなる。

「む……」

　動けぬのも道理、男の右袖は、直刀によって大八車の荷台に縫い付けられていたのだ。彼が出るよりも先に、新三が地面に落ちていた団子売りの直刀を拾い上げて、それを投げつけたのである。

　男が罵声を洩らしながら、直刀を引き抜いた時、

「──それまでっ」

　何時《いつ》の間にか、右側の武家屋敷の裏門の前に、大柄な武士が立っていた。制止の声をかけたのは、この深編笠《ふかあみがさ》に袖無し羽織《ばおり》、野袴《のばかま》姿の武士である。

　彼の脇には、頭巾《ずきん》をつけた老女がいた。

「しばらくぶりだな、新三郎」

　深編笠をとった武士の左眼には、細い鎖をつけた赤銅《しゃくどう》の鍔《つば》があてられている。

隻眼《せきがん》の兵法者《ひょうほうしゃ》――柳生十兵衛三厳《やぎゅうじゅうべえみつよし》であった。将軍家兵法指南役《しなんやく》にして大目付《おおめつけ》の柳生但馬守宗矩《たじまのかみむねのり》の嫡男《ちゃくなん》であり、父をも凌《しの》ぐ剣才の持ち主と言われている。

「これは何の真似だ、十兵衛」

右手に脇差を構えたままで、新三が問う。長持から出てきた男は、地面に片膝をついて頭を垂《た》れていた。

「怒るな、怒るな。お主を少しばかり、試させてもらったのだ」

総髪に茶筅髷《ちゃせんまげ》、黒豹《くろひょう》のように精悍《せいかん》な風貌をした十兵衛は、にやにやと笑いながら言う。

「……」

新三は無言で納刀《のうとう》する。

「それにしても、お主、この待ち伏せをどうして見破ったのだ」

「いくら一息入れるためとはいえ、人足が、荷物を積んだままの大八車を、道の反対側に放って置くのはおかしい。左右から俺を挟撃《きょうげき》するためだと、読めたのさ」

面倒そうな口調で、新三は言う。

新三が屋台と大八車を結ぶ線上に来たら、炭つぶてで足止めして、二人の〈人足〉が手裏剣を打つ。新三がそれに対処している隙《すき》に、〈団子売り〉が頭上から襲いかかり、それをかわされても、背後の長持から出現した第四の男が攻めるという作戦だったのだ。

しかし、手のこんだ仕掛けの割りには、襲撃者たちから本物の殺意が感じられなかったので、新三は彼らを峰打ちにしたのである。

「さすがだな。伊賀組同心《いがぐみどうしん》四人を見事に返り討ちにするとは。これで、俺も推挙《すいきょ》しがいがあるというものだ」

「推挙だと」

新三の顔が強《こわ》ばった。

「そう怖い顔をするな。話だけでも聞いてくれ」

柳生十兵衛は、裏門の前の老女を目で示して、

「あちらにおられるのは、大奥総取締役の春日局《かすがのつぼね》殿だ」

二

「新三郎とやら、単刀直入に言おう」

茜染《あかねぞ》めの木綿《もめん》の小袖《こそで》を着た春日局は、新三を半眼《はんがん》に見て、

「そなたに、上様《うえさま》の御命《おいのち》を守って貰いたい」

「今……何と申されました」

顔を上げた新三の両眼には、激しい怒りの炎が燃え上がっていた。

大奥警固の伊賀組同心たちが新三を襲ったのは、春日局の下屋敷《しもやしき》の脇である。

今、新三たちがいるのは、その下屋敷の書院だった。

「徳川三代将軍の家光《いえみつ》公の御命を守って貰いたい――と申したのだが、聞こえなんだか」

春日局の声には、揶揄《やゆ》の色さえあった。

「……春日様。我らの主君、忠長《ただなが》公が何故《なにゆえ》にご自害《じがい》せねばならなかったか……ご存じでしょうな」

新三が膝の上に置いた拳は、押さえがたい憤怒に震えていた。

二代将軍秀忠《ひでただ》には、二人の男児があった。

長男の竹千代《たけちよ》と次男の国松《くにまつ》である。世間にはよくあることだが、兄の竹千代よりも弟の国松の方が、容姿も体格も利発さにも勝《すぐ》れていた。

不思議なことに、実母のお江与《えよ》の方《かた》も国松を溺愛し、恐妻家の秀忠も、それに追従《ついじゅう》する始末。

そのため、家臣や奥女中たちは、次期将軍は国松様に違いないと噂しあい、彼の周囲にばかり人が集まる。両親に疎《うと》んじられ、家臣たちにも見離されたと思った十二歳の竹千代は、発作的に自殺を計《はか》った。

これに衝撃を受けた春日局——当時は、まだ本名のお福《ふく》であったが、伊勢大神宮参宮《いせだいじんぐうさんぐう》を名目にして、ひそかに家康のいる駿河城《するが》へ向かった。お福は、明智日向守光秀《あけちひゅうがのかみみつひで》の家老であった斎藤内蔵助利三《さいとうくらのすけとしみつ》の娘であり、家光の乳母である。お福から事情を聞いた大御所《おおごしょ》・家康は、鷹狩りを理由にして江戸へ下ると、満座の家臣たちの目の前で、竹千代を正式な家督相続者として遇した。

これで、情勢は一変。竹千代派のお福や大久保彦左衛門たちは安堵《あんど》したが、翌年、家康が頓死《とんし》してしまう。決着したはずの後継者問題は再燃し、以後、両派の間で様々な暗闘が繰り広げられた。

そして、竹千代は元服《げんぷく》して家光となり、国松は忠長となった。元和《げんな》九年——ついに家光は三代将軍の座につき、忠長は駿河など五十五万石を拝領して〈駿河大納言〉となったのである。

だが、それでも、血を分けた実の兄弟をめぐる暗闘は終決しなかった。女色《にょしょく》を厭《いと》う家光に、なかなか嫡子《ちゃくし》が出来ないことも、双方の派閥の対立を煽《あお》る要因となっていた。

寛永九年に前将軍の秀忠が没すると、忠長は乱心を理由に改易《かいえき》され、身柄を上野《こうずけ》高崎《たかさき》城主の安藤右京進重長《あんどううきょうのしんしげなが》に預けられた。家臣を一人だけ同行することを許された忠長は、小さな屋敷に幽閉され、寛永十年十二月六日に自害して果てたのである。

その時、涙ながらに忠長の介錯《かいしゃく》をした家臣が、鷹見新三郎——髪結新三なのだ。

「長子相続は、畏《おそ》れ多くも東照神君《とうしょうしんくん》様の御遺志。弱肉強食の戦国時代ならいざ知らず、四海波穏《しかいなみおだ》やかな徳川の御代《みよ》には、将軍家跡目相続の争いなどあってはならぬのじゃ」

「我が殿には、家光公に取って代わろうなどという野心はなかった。それは、お側《そば》近くにいた私がよく知っている」

「お気の毒ではあるが、大納言様ご自身に謀反《むほん》の意志があったかどうかなどは問題ではない」

「何だと……」

「本多上野介《ほんだこうずけのすけ》のように、幕閣の中にも大納言様の擁立《ようりつ》を画策していた者が、少なからずおった。大納言様が御存生である限り、徳川の家臣たちの心は二つに割れたままで、その者たちの野望は消えることがない。政事《まつりごと》とはそういうものよ」

春日局は、にべもなく言う。

「人は、己《おの》れの信ずる道を歩まねばならぬ。そなたが、家臣として大納言様に忠義を尽くしたように、女の身ながら、この春日もまた上様への忠義を貫いたのじゃ。徳川の御代を不動磐石《ばんじゃく》のものにするためにな」

「……………」

新三は立ち上がった。これ以上、春日局と話していると、脇差を抜いてしまいそうだったからだ。

「春日殿、それまでになされい」

今まで黙っていた柳生十兵衛が、苦い顔で制止する。

「本日、新三郎を春日殿に引き合わせたのは、口論をするためではないでしょう。新三郎もわかってくれ。春日殿の立場では、たとえ口が裂けようとも、言えぬ言葉があるのだ」

「早く用件を説明してくれ」

新三は座り直した。瞑目《めいもく》して、心の中の波浪を鎮《しず》めようとする。

「聞くだけ聞いたら、俺は帰らせてもらう」

「わかった。俺が話そう」と十兵衛。

「実はな。昨夜、柳生家の上屋敷に文《ふみ》が届けられた。上様暗殺の陰謀がある、詳しく聞きたければ百両持って柳森稲荷《やなぎもりいなり》へ来い——と金釘流《かなくぎりゅう》の字で書いてあった。字は稚拙《ちせつ》でも内容が内容だから捨て置くわけにはいかん。それで親父殿に頼まれて、俺が百両を持って出掛けたのだが……」

大川《おおかわ》へ注《そそ》ぐ神田川の南側、筋違門《すじかいもん》から浅草門までのあたりを、柳原土堤という。その柳原土堤にあるのが、柳森稲荷だ。

十兵衛がその稲荷社へ行ってみると、そこで、中間《ちゅうげん》らしい一人の男が三人のごろつきに袋叩きになっている。

三人を追い散らして、十兵衛は男を助け起こしたが、すでに虫の息だった。ただ「今年、大奥へ奉公《ほうこう》した女の中に……」とだけ言い残して、彼は絶命したのだ。

すぐに十兵衛は、柳生道場の門弟たちに命じて、例の三人のごろつきを捕えさせ、屋敷の蔵の中で凄まじい拷問にかけた。が、彼らは柳原土堤で商売をしている夜鷹《よたか》のひもにすぎず、客引きを邪険に断った男に腹を立てて暴行しただけで、何の裏もなかった。

さらに死んだ男の身元を調べると、元は松倉家《まつくらけ》江戸屋敷に奉公していた銀六《ぎんろく》という者だと判明。こうなると、柳生但馬守は、この密告を真剣に受け止めざるをえない。

新三は目を開いて、

「松倉家といえば、昨年、取り潰《つぶ》しになった島原《しまばら》の……」

「そうだ。例の一揆《いっき》の責めを負ってな」

三

寛永十四年十月——九州の島原・天草《あまくさ》地方に、切支丹《キリシタン》宗徒を中心とする一揆が起こった。島原藩四万石の藩主・松倉勝家《かついえ》のあまりにも苛酷な重税にたまりかねて、領民たちが決起したのだ。

元はと言えば、前藩主の松倉重政《しげまさ》が、島原藩を十万石格にしたいと無理に無理を重ねたために、藩の財政が破綻《はたん》寸前《すんぜん》に陥《おちい》っていたのが原因である。

跡を継いだ勝家は、財政建直しのために、畳税、棚税、窓税というように、ありとあらゆるものに課税した。それと並行して、重政の代から徹底的な切支丹狩りを行《おこな》い、改宗しない者は残虐な拷問にかけて責め殺した。

追い詰められた領民たちは、天草四郎時貞《あまくさしろうときさだ》を盟主として三万七千人の戦闘集団となり、原《はら》城を占拠したのだ。

江戸幕府は、ただちに板倉内膳正重昌《いたくらないぜんのしょうしげまさ》を上使とする鎮圧軍を派遣したが、総攻撃をかけても原城を落とすことはできなかった。

次に送りこまれたのが、〈智慧伊豆《ちえいず》〉と呼ばれた老中《ろうじゅう》・松平伊豆守信綱《まつだいらいずのかみのぶつな》である。

松平伊豆守は、十二万四千人の鎮圧軍で原城を包囲し、兵糧攻《ひょうろうぜ》めで一揆衆が弱ったところで、寛永十五年二月二十七日、総攻撃をかけた。

内通者をのぞいた一揆衆全員が全滅して、ようやく、島原の乱は平定された。

鎮圧軍の方も、二十七、二十八日の二日間だけで千百六十三人の死者と七千人近い負傷者を出したというから、いかに凄絶な戦争であったかがわかる。

三月二十四日、松倉家は断絶。島原領へは、譜代《ふだい》大名の高力忠房《こうりきただふさ》が入封。七月十九日に、松倉長門守勝家は、江戸において切腹させられた。

無論、松倉家の家臣たちは禄《ろく》を失って牢人《ろうにん》となり、巷《ちまた》へ放り出されたのである……。

「その島原牢人たちが、上様を逆恨みして、その殺害を企《くわだ》てるのは十分にありえる事。銀六なる中間は、何かの機会に顔見知りの島原牢人に出会い、彼奴《きゃっ》らの暗殺計画を知って、金にしようとしたのだろう」

「なるほど」

新三は、皮肉っぽく唇を歪《ゆが》めた。

「その連中の心情、わからぬでもない」

「おい、よせというのに」

柳生十兵衛は、太く濃い眉をひそめる。

愛煙家の春日局は、新三の大胆な発言を聞いても、黙って煙草を吹かしていた。

「今際《いまわ》の際《きわ》に、銀六は、今年になって大奥奉公した女の中に刺客《しかく》がいる――と言いたかったのだろう。それなら、対策は容易《たやす》いはず」

「うむ。今年になって大奥に上がった女は、三人だけだ」

御台所《みだいどころ》――すなわち、家光の正妻である孝子《たかこ》に付いている中﨟《ちゅうろう》の佐和。火之番《ひのばん》の鹿乃《かの》。そして、直奉公ではなく、年寄《としより》の藤尾《ふじお》の部屋に奉公している多聞《たもん》のお路《みち》である。

佐和は二十二歳。公家《くげ》の三女で、わざわざ京から呼び寄せられた。鹿乃は、御家人《ごけにん》の末娘で、十八歳。そして、お路は、塗物問屋〈和泉屋《いずみや》〉の娘で、十六歳だ。

「ところが、調べてみても、三人とも怪しい節《ふし》は皆無でな。中﨟の佐和は、御台様の遠縁にあたり、松倉牢人との関わりなどなく、上様殺害など思いもよらぬ。火之番の鹿乃も、七十石取りの田崎淳之介《たざきじゅんのすけ》の娘で、武芸の心得もあるが、謀反人に加担する理由がない。部屋方《へやかた》で多聞のお路とて、実家は裕福な塗物問屋だ。松倉家との繋《つな》がりも、まったくないのだ」

「そのうち、尻尾《しっぽ》を出すだろう」

「悠長なことを言うな」と十兵衛。

「実は明日、毎年恒例の花見の宴が吹上《ふきあげ》の御庭で催される。この宴には、直奉公と又奉公を問わず、大奥のすべての者が御庭に出られるのだ」

「つまり、誰にでも将軍家に近づく機会があるということだな。おそらく、刺客はそれを見越して、大奥に入りこんだのだろう」

「無論、警護の者が庭の要所要所に立つし、伊賀組同心たちも潜んでいる。だが、それでも刺客に必殺の意志と能力があれば、上様に迫ることは不可能ではない。そもそも、刺客がいかなる手段で暗殺を行おうとしているのか、それも不明なのだ」

花見を中止することは出来ない。暗殺の怖れがあるなどと報告すれば、自分を必要以上に豪胆に見せたがる家光は、意地でも花見を強行するだろう。警固の者すら、わざと遠ざけるかも知れない。

「ならば、その三人の女を捕えて、拷問でもするしかないが……まあ、それも無理だろうな」

「うむ」

十兵衛はうなずいた。

「他の二人はともかくとして、佐和を責め問いにかけたりすれば、御台様のお怒りは必定《ひつじょう》。といって、事情を説明すれば、それは上様のお耳に入り、これまた騒動の素《もと》となる。そこで――」

ずいと身を乗り出して、十兵衛は言う。

「お主の出番というわけだ」

「冗談ではない。柳生一門が総力をあげて判明せぬものが、どうして、俺にわかるというのだ」

「わかるさ。明日、大奥に上がって、御台様の髪を結ってもらいたい」

「髪を……」

あまりにも意外な申し出に、新三は、眉をひそめた。

「普段は、女小姓《こしょう》が御台様の髪を結うのだが、髪結師を外部から呼んだ先例もある。花見だからという名目で、お主を大奥に入れて、御台様の髪を結ってもらう。その後で、例の三人の女の髪も結うのだ」

「……」

「もしも凶器を隠し持つとしたら、髪の中か飾り物だろう。それに、いくら平静を装っても、征夷大将軍を弑《しい》し奉《たてまつ》ろうというのだから、その心の異常な緊張が軀に表れるはず。お主なら、それを感じ取れるだろう」

「それは買《か》い被《かぶ》りというものだ」

「お主を買い被らねば、徳川八百万石が瓦解するかも知れぬのだ」

柳生十兵衛は真剣な表情で言った。

「江戸城内において上様が暗殺されたとなれば、西の島津、東の伊達は、どう出るか。いや、御三家の尾州《びしゅう》様や紀州《きしゅう》様とて油断はならぬ。東照神君様が築き上げた泰平の世が、再び戦乱の炎に包まれるかも知れん。そうなれば、民百姓は塗《と》炭《たん》の苦しみを味わうことになるのだぞ、新三郎」

「……」

新三は、床の間の円窓《えんそう》に目を向けていた。

円窓は〈円相《えんそう》〉に通ずる。円相とは、禅における悟りの境地の象徴を言う。心の中に激しい煩悶《はんもん》を抱いている自分は、最も悟りから遠い者だろう――と新三は考えていた。

この申し出を断れば、十兵衛は立場上、すべてを知った新三郎を生かして帰すわけにはゆくまい。

「……中臈の佐和だが」

「おう、何だ」

十兵衛の声は、期待にはずんでいる。

「御台様は、佐和を見知っていたのか」

「いや、江戸へ下ってくるまで、会ったことはないようだ」

新三は呟くように、

「では、替玉《かえだま》であっても不思議はないな」

十兵衛と春日局は、顔を見合わせた。満足そうに、十兵衛が頷《うなず》く。

「さすがだな、新三郎。俺もそれを考えていた」

「――鷹見新三郎」

春日局は態度を改めて、膝に両手を突いた。

「わらわからも、明日の事を頼みます。この通りじゃ」

大奥総取締役にして従二位《じゅにい》の烈女が、一介の牢人髪結に向かって、叩頭《こうとう》する。

十兵衛も、頭を下げた。

ややあって、新三は口を開いた。

「お主たちが礼金や仕官《しかん》のことを一言でも口にしたら……俺は帰るつもりだった」

「新三郎、では……」

ぱっと十兵衛が顔を上げると、新三は、気怠《けだる》げな声で言った。

「新しい台箱を用意してもらおうか」

四

「ああァ……駄目、そのような……」

闇《やみ》の中で、真っ白な二つの女体が絡み合っている。

一糸まとわぬ、ほっそりとした娘の下肢が大きく開かれ、何もかもが露《あら》わになった奔放な姿勢をとっていた。その下腹部の秘めやかな部分に、これも全裸の女が、顔を埋めていた。

猫が皿の水を飲む時のような、卑猥《ひわい》な音が聞こえる。娘の最も女らしい部分に、巧妙に舌を使っているのだ。

その舌先が、さらに淫靡《いんび》な場所を探り当てたらしく、

「いけませんっ、そこは不浄《ふじょう》の……」

娘は上体を起こして、女の行為を止めさせようとした。が、筒のように丸められた女の舌先が、その場所を深々と抉《えぐ》ると、

「――っ！」

声にならぬ悲鳴を上げて、娘は背を弓のように反らせた。無論、苦痛からではなく、強すぎる悦楽の波動によってである。

唇を離した女は、右の二本の指を舐《な》めると、両方の場所に先端を埋めた。そして、躯をずり上げると、娘の口を吸う。

「むふ……」

今まで、自分の恥ずかしい器官に触れていたことを厭いもせずに、娘は夢中で、女の唇を貪《むさぼ》った。唇の端から唾液を垂らしながら、互いに深く舌を使う。

女は唇を外して、娘の火照《ほて》った頬に舌を這《は》わせながら、耳元に近づく。そして、柔らかい耳朶《じだ》をねぶりながら、何事か囁《ささや》きかけた。

「ええ……ええ……」

秘密の場所を指で嬲《なぶ》られながら、耳を愛撫されて、娘は夢心地で頷く。

「はい……必ず、そのように致しまする……んっ……んああっ」

か細い笛の音《ね》のような歔欷《きょき》を洩らして身悶《みもだ》えしながら、娘は、甘美すぎる地獄へ堕《お》ちていった——。

五

長谷川梢は、座敷に端座《たんざ》していた。

神田駿河台《かんだするがだい》の錦小路《にしきこうじ》にある旗本《はたもと》・大久保彦左衛門尉忠教《おおくぼひこざえもんのじょうただたか》の屋敷、その書院であった。

十九歳の梢は、弾き茶筅《ちゃせん》にした髪を背中に長く垂らし、小袖に袴をつけた若衆姿をしていた。

父の長谷川久蔵に幼い頃から剣術を厳しく仕込まれた梢は、女ながら伊吹新流の遣《つか》い手《て》で、並の武士など問題にならぬほどの腕前である。

昨年の秋、長谷川梢は、新三の助力で、騙《だま》し討《う》ちにあった父の仇敵《かたき》を討ち果たした。現在は、赤坂の村岡道場の〈師範代格《しはんだいかく》〉として、武家屋敷への出稽古《でげいこ》を受け持ちながら、三日と開けずに天王町にある新三の家へ通っている。

美少年のように凛々《りり》しく勝気《かちき》そうな顔立ちをした、この男装の麗人《れいじん》は、己れの純潔を捧げた新三を一途《いちず》に愛していた。新三との愛の行為を重ねるごとに、肌の内側から瑞々《みずみず》しい女らしさがにじみ出てきた梢であった。

が、今、その顔は蒼《あお》ざめて、唇を硬く引き結んでいる。

ようやく夜が明けたばかりで、上座に置かれ手焙《てあぶ》りが座敷の中を暖めていたが、梢は身じろぎもせずに、主人が来るのを待っていた。出された茶にも手をつけていない。

「――待たせたのう」

大久保彦左衛門は、きちんと服装を整えて現れた。

「年寄りは朝が早いというが、わしなどは春眠暁《あかつき》を覚えずという口で、関ヶ原の夢など見ておった」

臨終間際の大御所・徳川家康から〈生涯我儘勝手《しょうがいわがままかって》〉を許され、旗本肝煎《きもいり》という奇妙な役職にある八十歳の彦左衛門は、老いてますます盛ん。屋敷内の二千坪の敷地に牢人長屋を建てて、寄る辺《よべ》のない牢人たちを住まわせ、仕官の面倒までみていた。

「御前様《ごぜん》。早朝より参りましたご無礼、何卒《なにとぞ》、お許しください」

「いや、かまわぬよ」

鷹揚《おうよう》に頷いた彦左衛門は、眉をひそめて、

「ひどく顔色が悪いのう、梢。新三郎に何事かあったか」

「これを――」

梢は懐から取り出した書置きを、膝行《しっこう》して彦左衛門に渡した。

昨夜――梢は、珍しく新三の方から呼び出しを受けた。そして、四合ほどの酒を二人でゆっくりと飲んでから、閨《ねや》に入ったのである。

新三の愛撫は、いつにも増して情熱的で、荒々しいとすら言えるものだった。けれども、すでに男女の交わりの快味を識《し》っている梢には、その心中《しんじゅう》前のような激しい行為ですら、むしろ、好ましいものであった。

そして、互いの愛情の泉の底の底までも汲み尽くすような濃厚な交歓の果てに、梢は喪心《そうしん》して、深い眠りに落ちたのである。

未明になって、夜具の中に新三がいないのに気づいた長谷川梢は、枕元にあった書置きを見て、天が落ちたかと思われるような衝撃を受けた。で、すぐさま身支度して、この大久保屋敷へやってきたのである。

「む……」

眼鏡をかけて新三の書置きに目を通すと、眠気を残していた大久保彦左衛門の金壺眼《かなつぼまなこ》が、かっと見開かれた。

最後まで読んでから、もう一度、最初から読み直す。そして、苦虫を嚙《か》み潰したような顔で虚空《こくう》を睨みつけた。

その新三の書置きには、柳生十兵衛と春日局の依頼で江戸城の大奥へ入るに至った経緯が説明され、最後に、今後は万事を大久保老に相談すべし——とだけ書かれていたのである。

「江戸城へ独《ひと》りで乗りこむとは、さすがに新三郎は肝がすわっておる。しかし、春日め……己れの不始末に、新三郎を巻きこみおって……」

眼鏡を毟《むし》り取《と》ると、彦左衛門は唸《うな》るように言った。

「それにしても難しい仕事を引き受けたものだな、新三郎は。見事に刺客を見つけだせればよいが、失敗して上様に万一のことがあれば、春日局たちと連座して、その責《せめ》を問われるやも知れぬ」

「わたくしは……どうすれば宜《よろ》しいのでしょう」

老旗本は、ぐびりと茶を飲んで、

「とりあえず今日の花見を中止すれば良いのだが、上様の御気性を考えると、それは如何《いかん》ともしがたい。それに、中止にしたらしたで、刺客が行動を起こす切っ掛けになるかも知れぬしな。わしが花見に押しかけてもよいのだが……梢、そなたを臨時の大奥奉公に仕立てる手もあるぞ。昼までには、大奥に入れるように手配できるが、どうじゃ」

「是非《ぜひ》とも、お願いいたします。わたくしは、新三郎様のおそばで……」

勢いこんで話していた梢の声が、急に途切れた。目を伏せて考えこむ。

「どうしたのだ」

「御前様……折角《せっかく》ではございますが、わたくし、大奥へは参りません」

「ん？」

梢は顔を上げると、ゆっくりと言う。

「わたくしは、新三郎様に身も心も、血の一滴までも捧げております。式こそ挙げてはおりませんが、鷹見新三郎の妻だと思っております。あの方《かた》も、それはよくご存じのはず。なのに、新三郎様は、大奥行きの件を打ち明けてはくださいませんでした」

先ほどまでとは違って、頬に血の気が戻り、表情が落ち着いている梢であった。

「これは、お前は来なくてもよい、黙って自分の帰りを待っているように——という新三郎様のお指図だと思います。わたくしは、妻として夫の意志に従いとうございます。もしも、新三郎様に万一のことがあれば……梢も、すぐさま後を追う覚悟です」

「よくぞ申した、梢。夫唱婦随というやつじゃな」

彦左衛門は破顔した。

「そなたとは、おかしな出会いで知り合ったが、思えば縁とは不思議なものだ」

「まあ、御前様……そのお話は」

梢は含羞《はにか》む。

父母を亡くして捨て鉢になっていた梢は、一時期、荒稼《あらかせ》ぎという暴力掏摸《すり》の一味に加わっていた。そんな彼女たちに襲われたのが大久保彦左衛門、それを助けたのが新三なのである。

「いやいや、責めておるのではない。今では、そなたたち二人が、何やら孫夫婦のように思えてならぬのだ」

「御前様……勿体《もったい》ないお言葉でございます」

女兵法者《おんなひょうほうしゃ》の瞳が、熱いもので濡れた。

「新三郎とて、それなりの勝算があって引き受けたのだろう。唯一、懸念《けねん》されるのは……」

彦左衛門と梢は、視線を合わせる。

「将軍家の前に出た時、でございますね」

「うむ……早まったことをしでかさねばよいがな」

主君の駿河大納言忠長《するがだいなごんただなが》を死に追いやった徳川家光を前にして、新三が平静でいられるかどうか――二人が案じているのは、それであった。

六

江戸城の本丸は、表向《おもてむき》・中奥《なかおく》・大奥《おおおく》に分けられている。

表向は、将軍の謁見《えっけん》場所であり、役人たちの執務室でもある。中奥は、将軍の公邸であり、重臣たちと会ったり、食事や休息をとる場所だ。そして、大奥は将軍の私邸であり、正室や側室などの将軍に奉仕する女たちの居住区なのであった。

下世話に言えば、〈将軍の種付け場〉である。

二代将軍秀忠の頃――慶長《けいちょう》十二年に、春日局によって、大奥は整備された。将軍の寝所、仏間、湯殿、正室である御台所の寝所、奥女中たちの詰所、その住居《すまい》である長局《ながつぼね》、広敷役人《ひろしきやくにん》たちの詰所などがあり、その広さは六千三百坪というから、本丸御殿の半分以上を占めている。

政事は、閣僚たちの合議制によって執《と》り行《おこな》われている。だから、将軍の最も重要な役割は、徳川の血筋を絶やさぬように、出来るだけ多くの子供を作ることである。

そのためには、大奥を男子禁制にせねばならない。自由に男性が出入りできる環境では、正室や中臈が懐妊した時に、本当に将軍の子供かどうか、わからなくなってしまうからだ。

それゆえ、大奥へ入ることのできる男性は、老中、留守居役、奥医師など限られた者だけである。

御用達《ごようたし》の商人《あきんど》たちは、大奥北東部にある広敷という区域までしか入れず、ここで注文を聞いたり商品の受け渡しを行う。ここは奥女中たちのいる区域とは厳重に仕切られ、伊賀衆詰所や広敷番部屋などがあり、男性役人たちが勤務していた。

新三は早朝、柳生十兵衛に案内されて、この広敷から大奥へ入った。無論、花見の準備ということでの特例である。

十兵衛は裃《かみしも》姿であり、新三も羽織と袴をつけ、真新しい台箱を下げていた。腰に落とした脇差は、十兵衛が用意した刃のない鉄刀に替えられている。

大奥総取締役である春日局が許可したとはいえ、役人たちの新三を見る目が冷ややかなのは、やむを得まい。

「くれぐれも無礼のないようにな」

広敷番頭《ばんとう》が、言わずもがなの念押しをする。

家光の正室である孝子は、関白左大臣《かんぱくさだいじん》・鷹司信房《たかつかさのぶふさ》の姫で、寛永二年に婚儀が行われた。徳川幕府と朝廷とを緊密にするための完全な政略結婚であり、しかも、家光は若年より衆道《しゅどう》に耽《ふけ》っていて女体に興味を示さず、夫婦関係はうまくいかなかった。

大奥の中に御台所の御座所があるというのに、孝子はわざわざ、別棟の御殿を建てさせて、そこで暮らしていた。家光の方も、別居願いを許可したのだから、この時点ですでに、二人の夫婦仲は最悪だったことになる。

本丸とは堀を隔《へだ》てた吹上御庭に建てられたこの御殿は、中之丸《なかのまる》御殿と名付けられ、御台所・孝子は〈中之丸様〉とも呼ばれた。

春日局の執拗《しつよう》としか表現しようのない努力によって、ようやく女色の味を覚えた家光は、今では側室を儲《もう》けるまでになっていたが、孝子との同衾《どうきん》は絶えたままであった。

そのような仮面夫婦であっても、年中行事の時には、孝子の方から大奥へやってくる。支配階級の一員である以上、儀礼を完全に無視するわけにはいかないからだ。

新三は用意された一室で、三十八歳の孝子の髪を、おまた返しに結い上げた。夫よりも二歳年上の孝子は、公家の姫特有の腺病質《せんびょうしつ》らしい容姿で、魅力的とは言い難かった。しかし、生娘《きむすめ》のまま嫁《とつ》いで、家光との交わりは初夜を含めて数回だけ、それから十年以上も没交渉で打ち棄てられた人形同然なのだから、この孝子に女らしい潤いを求めるのは酷《こく》というものであろう。

もっとも、家光の方にも言い分はある。

五摂家《ごせっけ》の出《で》であることを鼻にかけて、実質上の日本の支配者であるはずの自分を、まるで蛮族のように見下す態度を隠そうともせず、その愛撫にも頑《かたく》なに身も心も凍らせたままの孝子と、仲睦《むつ》まじくせよというのが無理であった。

だが、この権高《けんだか》で砂漠のように心乾いた孝子も、憂《うれ》いに縁《ふち》どられた底深い美貌の牢人者に己《おの》が髪を扱われると、自然と頬に赤みがさして、軀の芯に熱く蠢動《しゅんどう》するものが生じていた。

「まあ……よう仕上がったこと」

老女の差し出す鏡を覗《のぞ》きこんだ孝子は、湯上がりのように頬を火照らせて、吐息を洩らした。髪をいじられ、若い男の匂いを間近に感じて、女としての情感が甦《よみがえ》ったのであろう。

無位無冠の一介の牢人髪結である新三は、将軍家の御台所に直《じか》に言葉を返すわけにもいかず、ただ平伏するしかない。

さらに話しかけようとした孝子であったが、老女に目で制されて、仕方なく、

「この者に、十分に褒美をとらせるように」

それだけを言った。

別の間に退《さ》がった新三の、これからが本番であった。今年、奉公に上がった例の三人――孝子付き中﨟の佐和、火之番の鹿乃、年寄・藤尾の部屋方であるお路の髪を結うのである。不審を抱かれぬように昨夜のうちに奥女中たちに籤引《くじび》きをさせて、佐和や鹿乃、お路を含む七人が当選したという名目で、髪を結うことになっている。無論、佐和たちが当たるように、籤に細工がしてあったことは言う

までもあるまい。

見張り役として、春日局から言いつかった刀腰女《とうようめ》の緋鳥《ひどり》が同席する。刀腰女とは、剃髪《ていはつ》して袴姿の男装をした女兵法者で、大奥の用心棒といった役職である。

さすがに、新三独りで七人を結い上げた時には、巳《み》の中刻《ちゅうこく》――午前十一時を過ぎていた。

「どうだ、新三郎」

七人目の奥女中が退出すると、十兵衛が低い声で尋ねる。

「わからぬ」

新三は首を横に振った。

「あの三人の中に、武芸の修行をしたと思われる軀つきの者はいなかったな。いかに冷静を装っていても、大それた計画を抱いていれば、頭皮には緊張が漲《みなぎ》り、その緊張は髪の毛にも伝わるものだが、あの三人の反応は他の四人と大差なかった」

新三のような美男子に髪を扱われたのだから、うなじに血の気が昇り、わざと軀を押しつけるような態度に出る者もいた。が、それは、男子禁制の大奥に棲《す》む女としては、極めて当然の反応であった。

「佐和様にも、怪しい節はなかったのですね」

目も口も大きくて、はっきりした顔立ちをした緋鳥が、訊《き》いた。

「残念ながら」

松倉牢人が送りこんだ刺客の疑いが最も濃厚な女も、新三の見立てでは、格別の不審は感じられない。

「柳生一門に、江戸中の松倉牢人を調べさせているのだが、これといった報《しら》せは入っておらん。困ったな。そろそろ、我々も吹上御庭に行かねばならぬが」

十兵衛は、歯噛みしそうなほど焦《じ》れていた。

「銀六の最期の言葉は間違いだったのか。今年、奉公に上がった女ではなく、昨年の内に刺客は潜入していたのかも……」

「それを考え出したら、きりがないぞ。刺客は女ではなく男かも知れん。大奥ではなく、中奥に潜入したのかも知れん。疑心暗鬼こそ、敵の思うつぼだろう」

新三の言葉に、十兵衛は渋々うなずいた。

「その通りだ。だが、お主まで担ぎ出して、誰が刺客かわからなかったでは済まぬ。宴は二刻以上も続くから、警固に隙が生じることがないとは言えぬからな。俺は、徒士頭《かちがしら》と打ち合せをしてくる。緋鳥殿、新三郎を御庭まで案内してくれ。

頼むぞ」

十兵衛は、すぐに座敷を出ていった。

「では――」

これも立ち上がろうとした緋鳥の手を、何を思ったのか、新三が柔らかくつかむ。

「し、新三郎殿……」

化粧けのない緋鳥の顔が、赧《あか》らんだ。己れの立場を考えれば、すぐにも手を振りほどいて成敗《せいばい》すべきだが、二十一歳の女兵法者は立ち尽くしてしまう。

新三が手を引くと、他愛もなく崩れて、彼の広い胸の中に抱きすくめられてしまった。

「駄目……人が来たら何となさいます……」

喘《あえ》ぐように、言う。男の格好はしていても、緋鳥の心と肉体は女であった。

「緋鳥殿、聞きたいことがある」

女の熱く火照る頬に、新三は、自分の頬をこすりつけながら、

「そなたたち刀腰女は、男の役をして欲求不満の奥女中たちを慰めると噂されているが、それは真実か」

「意地の悪いお方《かた》。そんな羞《はず》かしいことを……あっ」

袴の脇から滑りこんだ男の手が、緋鳥の秘部を探りあてた。刀腰女は、下帯《したおび》の代わりに、木股《きまた》のような白い下袴《したばかま》をつけている。

その木綿の肌着の上から、新三は、女の花園をまさぐりながら、

「時間がないのだ。正直に答えてくれ」

「はい……はい、そのような事も春日様から言い含められております」

女同士の同性愛の技術を習得している緋鳥は、しかし、男性との経験は皆無であった。

初めて味わう男に翻弄《ほんろう》される歓《よろこ》びに、陶然《とうぜん》とする。下袴は、湧き出した甘露によって、熱く漏れていた。

「では――近ごろ、そなたたちが相手をしておらぬのに、艶《つや》やかになった者はおらぬか」

七

吹上御庭は、本丸の西側にある半月型の庭である。本丸が五、六個、すっぽり

と入ってしまうほど広大だ。

まだ、庭園と言えるほどの整備はされていないが、自然が残っている分だけ樹木の数も種類も豊富で、尾張・紀伊・水戸の御三家の屋敷や中之丸御殿の他に、将軍が散策する時のための数寄屋《すきや》や東屋《あずまや》が建てられている。

その御庭の一角に桜の木が群れており、そこに仮の茶屋が建てられ、幔幕《まんまく》が張られて、無数の緋毛氈《ひもうせん》が敷かれていた。御膳所から、酒肴《しゅこう》も運ばれている。幸いにも好天に恵まれ、天女が薄桃色の霞《かすみ》を流したように、どの枝にも桜の花が満開になっていた。

正午《ひる》になった。御台所から端下《はした》の者まで大奥の全ての女たちが揃って、天下人の到来を待つ。

やがて、三代目を継いだ時に、三百諸侯を前にして「余は、生まれながらの将軍である！」と豪語した徳川家光が、石畳を踏んで姿を現した。

美しく着飾った奥女中たちは、石畳の敷かれた歩道の両側に並んで、平伏している。このあでやかな人間花壇の中に、鴉《からす》が蹲《うずくま》ったように黒々とした部分があるのは、大奥坊主であった。女人《にょにん》であることを捨てて、刀腰女と同じように剃髪《ていはつ》し、男の着物に黒羽織という姿。大奥総取締役の他に、御錠口《おじょうぐち》を通って中奥まで行ける者は、この女坊主衆だけである。

柳生十兵衛や新三は、出迎えの奥女中たちの背後に控えていた。

警固の小十人衆《こじゅうにんしゅう》に守られた家光は、新三の前を通り過ぎて、仮設茶屋へと向かう。

と、その時——家光の左前方で、いきなり、一人の奥女中が竹細工の玩具《おもちゃ》のように、ぴょんと立ち上がった。呉服之間詰めの、お崎《さき》という十七歳の娘であった。

「無礼者っ」

小十人衆が鉄刀の柄《つか》に手をかけて、叱責する。顔を上げた皆の注意が、そのお崎の方に集中した。

ほぼ同時に、家光の右斜め後方にいた二十七、八の女坊主が、素早く左の握り拳を口元にあてがう。その頬が膨らんで、拳の底から銀色の光が走った。

吹き針だ。この女坊主は、拳の中に短い吹き筒を隠していたのだろう。

その吹き針は、誰も気づかぬ内に、家光に向かって一直線に飛ぶ。

そして、三代将軍のうなじに命中しようとした刹那《せつな》——かっと乾いた音がして、吹き針は半月型の櫛に突き刺さった。

新三が、髪結道具の梳櫛《すきぐし》を投げつけたのである。その櫛は、吹き針を突き立てたまま、家光の右側へ落ちた。

さすがに、何事かと家光が振り向く。小十人衆も、異変に気づいた。

「ちいっ」

女坊主は立ち上がりながら、羽織や着物の衿《えり》を鷲摑《わしづか》みにすると、何か仕掛けがしてあったらしく、それを一纏《ひとまと》めにして剝《は》ぎ取《と》った。

その羽織や着物や肌襦袢《はだじゅばん》を、小十人衆に投げつける。彼らの視界をそれで塞《ふさ》ぐと、女坊主は、小十人衆の足元へ飛びこんだ。

全裸だ。その白い肉体で唯一黒いのは、下腹部の柔毛《にこげ》だけである。背中を丸めて数回転し、小十人衆の足元をすり抜けた。彼らは、突然、姿が搔《か》き消えたような女坊主を捜して、慌ただしく視線をさまよわせる。

その時には、家光の前にまで達していた女坊主は、己れの女の部分から引き抜いた極細の錘刀《すいとう》を、将軍の喉笛に向かって斜めに突き上げた。

が、飛びこんだ新三の左逆手の脇差が、刺客の右腕に走った。刃のない鉄刀であるのに、女坊主の手首は切断されて、吹っ飛ぶ。

さらに、新三郎は返す刀で、彼女の首の付根から左の乳房まで斜めに断《た》ち割《わ》った。

「げえっ……」

血の柱を噴き上げ、全裸の刺客は仰向《あおむ》けに倒れて絶命する。

この時になって、ようやく、奥女中たちは悲鳴を上げて逃げ惑った。

「静まれ！　見苦しい、静まるのじゃっ」

春日局が大音声《だいおんじょう》で叫ぶと、旋風《つむじかぜ》に散らされた花びらのように右往左往していた奥女中たちは、あわてて、その場に平伏する。

八

「鷹見新三郎と申すそうだな」

数寄屋の脇に控えている新三郎に、中で着替えをした家光が近づいて来て、声をかけた。将軍の背後には、柳生十兵衛と春日局が従っている。

「話は十兵衛から聞いた。よくぞ、余の命を救ってくれた。礼を言うぞ」

「――」

新三郎は無言で頭を下げる。

「刃のない鉄刀で真剣同様に斬り伏せるとは、並々ならぬ腕前よ。直答《じきとう》を許す。

誰にもわからぬ刺客を、どうやって、奥坊主の梅寿《ばいじゅ》と見破ったのだ」

「刺客は、今年になって大奥奉公した女――これが唯一の手がかりでございました」

新三郎は、内心の焔《ほのお》を押し隠して、澱《よど》みのない口調で説明を始めた。

「なれど、それに該当する三人には、怪しい節はございません。それで気づきましたのは、女ばかりの大奥に、女であって女ではない者がいること」

「刀腰女と奥坊主のことだな」

「御意《ぎょい》。刀腰女の緋鳥殿に尋ねましたところ、女坊主の梅寿と申す者が今年奉公したばかりとの事。それゆえ、梅寿の動きに気を配っておりましたまで。決して、警固の衆よりも拙者《せっしゃ》が優《すぐ》れていたわけではございませぬ」

本当は、緋鳥を指戯《しぎ》で堕《お》とし、お崎《さき》という針子の様子がおかしいことを聞き出したのが、梅寿に疑惑の目を向けた切っかけだが、それは話すわけにはいかない。

取り押さえられたお崎は、阿片《アヘン》中毒の症状を示していたそうだ。おそらく、女同士の交わりの最中に、梅寿によって内部粘膜に阿片を塗りこまれて中毒者となり、その命ずるままに、小十人衆の注意を引きつける囮《おとり》の役目を実行したのであろう。梅寿の放った針には、銀波布《ぎんはぶ》の猛毒が塗ってあったそうだ。

「ゆかしい事を申す」

家光は微笑《ほほえ》んだが、すぐに硬い表情になって、

「そちは、忠長の遺臣だそうだな」

「――拙者が、ご介錯奉りました」

「そうか……」

しばらくの間、重い沈黙が続いた。

「ご立派な、ご最期にございました」

「………」

「なれど、高崎大信寺《だいしんじ》の墓には鎖が巻かれ、その御位牌には網までかけてございます」

押しかぶせるように新三郎が言うと、

「控えい、上様の御前ぞっ」

十兵衛が厳しく叱責する。

「御前なればこそ、申し上げておる」

「新三郎っ」

これ以上、新三が非難がましい事を口にしたら、十兵衛は立場上、黙視するわ

けにはいかない。

　十兵衛が脇差の柄に手をかけると、新三の左手も、ひくりと動いた。実力伯《はく》仲《ちゅう》の二人の凶々《まがまが》しい殺気が、渦を巻いて周囲に流れる。

「両名とも静まれ」

　家光が静かに言う。

「新三郎……大奥の仏間にはな、東照神君様と台徳院《だいとくいん》様の御位牌、それに峰巌院《ほうがんいん》の位牌も置いてある」

　新三は、はっとした。峰巌院とは、忠長の法名であった。

「忠長を自害させたことは、余の誤りであった。許せ」

「上様……」

　新三は、地面に両手を突いて平伏する。十兵衛は、ほっとして柄から手を離した。

「鎖や網の件は、余も知らなんだ。早速に取り外させよう」

「な……亡き主君に成《な》り代わり、御礼申し上げまする」

　双眸《そうぼう》に熱いものを滲《にじ》ませ、肩を震わせて新三は言った。江戸城へ入ると決めた時から、己《おの》が心底に蟠《わだかま》っていたものが日向《ひなた》の雪のように溶けてゆくのを、新三は感じていた。

その様子を見た家光は、柔らかな声で、

「新三郎、仕官の望みはないか。直参《じきさん》になる気はないか」

「この身にあまる仰せながら、手前の主君は忠長公お一人と思っております」

「左様か」

いささか残念そうに、三代将軍は苦笑する。

「では、何か他に望みはないか。金子《きんす》でも武具でも、何なりと申すがよい」

「では――」

ほんの少しの間、考えてから、新三は、

「今が盛りの桜の枝を一折り、頂きとう存じます」

「そのようなものでよいのか。桜の花は、すぐに散ってしまうぞ」

「今宵は、その花を見ながら、忠長公を偲《しの》びたく思いまする」

「うむ……」

家光は手ずから枝を折って、それを新三に渡した。

「忠長は、よい家臣を持ったな」

「はっ」

拝領の枝を捧げ持つ新三と家光に、はらはらと音もなく薄桃色の花弁の雨が降る。

死を覚悟して自分を待っているであろう梢に、この桜の枝を見せてやりたい

——鷹見新三郎は、そう思っていた。

事件ノ七　剣の心

一

「御前《ごぜん》。ただ今、門前に、おかしな坊主が参りまして」

用人《ようにん》の笹尾喜内《ささおきない》が、敷居際に両手をついて報告する。

「御前に取り次げなどと戯《ふざ》けたことを申しておりますが、如何《いかが》いたしましょう。他の者ならともかく、出家《しゅっけ》を、あまりぞんざいに扱うわけにもいきませんので」

「わしは、ぴんぴんしとる。坊主の世話になるのは、まだ早いわ」

詰碁の本と碁盤を交互に睨みつけながら、大久保彦左衛門《おおくぼひこざえもん》は、面倒そうに言った。

「はっ。では、喜捨《きしゃ》をして引き取らせますです、はい」

喜内が退《さ》がろうとした時、彦左衛門は、ふと盤上から目を上げて、

「待て。その坊主というのは、物乞いのような風体《ふうてい》をした痩せた老僧か」

「はあ、年齢《とし》の頃なら六十七、八。ひどく態度の大きい爺ィ《じじい》でして。……いえっ、爺ィと申しましても御前のことではございません、はい」

「そんな事はわかっておる。その老僧を、丁重に書院の方へ案内しなさい。昨日、太助《たすけ》が持ってきた落雁《らくがん》があったな。あれをお出しするように」

「え？　あの……坊主の世話にはならぬ、とおっしゃったのでは」

「馬鹿者っ」

彦左衛門は丸眼鏡を毟《むし》り取《と》った。

「さっさと案内せいっ」

寛永《かんえい》十六年陰暦三月の半《なか》ば――さわやかに晴れ渡った日の午後であった。

「彦左衛門殿、ご健勝で何より」

「禅師《ぜんじ》のお元気そうな姿を拝見して、この彦左衛門も安堵《あんど》いたしました」

「今朝、江戸に着いたばかりで。ひと風呂浴びたら、急に彦左衛門殿のお顔が見たくなりましてな」

書院に座した老僧の号は、沢庵《たくあん》。名は宗彭《そうほう》。臨済宗大徳寺派《りんざいしゅうだいとくじ》の僧である。

孤高の兵法者《ひょうほうしゃ》・宮本武蔵玄信《みやもとむさしはるのぶ》や将軍家兵法指南役《しなんやく》・柳生但馬守宗矩《やぎゅうたじまのかみむねのり》に、〈剣禅《けんぜん》

一如《いちにょ》〉の思想を説き、その人生に大いに影響を与えた人物だ。天正《てんしょう》元年の生まれで、七十九歳の大久保彦左衛門より一回りほど若い。

但馬国出石《たじまのくにいずし》の出《で》で、十歳の時に仏門に入り、三十七歳で京の大徳寺の住職となったが、わずか三日で退座。

南宗寺《なんそうじ》に帰山し、名利を求めず、投淵軒《とうえんけん》と名付けた茅葺《かやぶ》きの小屋に住んでいた。

寛永四年——朝廷圧迫政策の一環として、徳川幕府は、後水尾《ごみずのお》天皇が元和《げんな》年間以降に勅許《ちょっきょ》した紫衣《しい》を無効とする措置を行《おこな》った。これに対して、沢庵は激烈な抗弁書を幕府に上呈、そのため寛永六年に、出羽国上山《でわのくにかみのやま》へ流罪《るざい》となった。

いわゆる〈紫衣事件〉であり、事件は後水尾天皇の譲位にまで発展したのである。

この時、沢庵の赦免《しゃめん》のために奔走したのが、柳生但馬守や大久保彦左衛門なのだった。

三年後の寛永九年——ようやく赦免された沢庵は江戸へ下り、柳生家下屋敷《しもやしき》に寄宿して、徳川家光の帰依《きえ》を受けた。

しかし、定住や安逸を嫌う放浪癖から、何の相談もなしにぶらりと旅に出てしまい、但馬守らを困らせている。

身形《みなり》にも無頓着で、今、纏《まと》っている墨衣《すみごろも》も、擦《す》り切れて紙のように薄くなっていた。

「来月には、品川の寺も完成すると伺っております。それで、禅師も江戸へ戻られたのでしょう」

「以前に、上様《うえさま》が下されようとした屋敷は何とか辞退したが、今度ばかりは逃げられそうもないのでな」

沢庵は苦笑する。

将軍家光は、沢庵をいつでも召し出すことができるように、江戸城の近くに屋敷を与えようとしたが、沢庵は、これを固辞。その屋敷は結局、祐筆《ゆうひつ》の大橋竜慶《おおはしりゅうけい》に下賜《かし》された。

そこで家光は、昨年の四月、品川に寺を建立するように命じたのである。沢庵が勝手に放浪できないように、その寺の開基にしようというわけだ。

「いや、禅師が品川に定住していただければ、上様はもとより、この彦左衛門としても実に有難い。いつでも好きな時に、碁盤が囲めますからな」

「少しは腕が上がりましたかの」

「武士とは、口先ではなく己《おの》が腕で答えるもの。では早速、一局参りましょうか」

大久保彦左衛門は、待ち兼ねたように、喜内に碁盤を用意させる。

囲碁は五世紀頃に、中国から日本に伝わったらしい。正倉院《しょうそういん》には、聖武《しょうむ》天皇が愛用したという日本最古の碁盤が納められている。

長い間、囲碁は、貴族などの支配階級や僧侶などの知識人が好む高級な遊戯であった。が、豊臣政権の時代に本因坊算砂《ほんいんぼうさんさ》が現れて、囲碁の勝負は戦略に通じると宣伝し、武士階級に囲碁が急速に普及した。

本因坊算砂は、慶長十七年には徳川家康から、他の碁打衆や将棋指衆とともに扶持《ふち》を与えられている。そして、家康や二代将軍の秀忠の前で度々、対局を行った。

元和七年に算砂は没し、現在は、養子の算悦《さんえつ》が二代目本因坊となっている。

盤上遊戯など婦女子のものと軽蔑していた大久保彦左衛門であったが、沢庵の手解《てほど》きで囲碁の魅力にとりつかれてしまった。そして、沢庵が江戸へ戻る度《たび》に、勝負をせがんでいるのだ。

元より一流の教養人である沢庵禅師は、囲碁の腕前も並ではない。対する彦左衛門の方は、初心者より少しはましという程度。

今も、黒の彦左衛門が十三子を置いてからの勝負だが、それでも腕の違いは歴然としていた。

「ううむ……右辺も危ないが、左上隅も危なそうじゃ。さて、どこをどう押さえたら良いものか……」

普段は尋常《じんじょう》ならざる短気のくせに、囲碁となると、おそろしく長考の彦左衛門であった。

沢庵は茶を啜《すす》りながら、のんびりとそれを見ている。

「そう言えば、先頃、江戸城で何か騒動があったと聞きましたが――」

「さすが、禅師。地獄耳……いや、極楽耳ですな」

彦左衛門は顔を上げて、目を輝かせ、

「驚くべきことに上様暗殺の計画がありましたが、これを阻止したのが、我が屋敷に出入りしておる鷹見新三郎《たかみしんざぶろう》なる牢人《ろうにん》者でして」

碁の勝負も忘れて、新三郎が我が子であるかのように、その活躍の一部始終を滔々《とうとう》と自慢した。

「まあ、そういうわけで、忠長公の墓石に巻かれていた鎖も上様の命令で取り払われ、万事目出度《めでた》しという次第。新三郎め、近頃珍しい忠義の士でござる。ははは」

上機嫌の彦左衛門とは対照的に、沢庵は、ひどく難しい顔になった。

「どうかなさったかな、禅師」

「いや……その鷹見新三郎なる者を、あの御仁《ごじん》が放っておくかどうか……」

二

男の手が白い豊かな乳房を荒々しく摑《つか》んだ。

「痛いっ」

顔をしかめたのは、宮木《みやぎ》という二十歳《はたち》前の湯女《ゆな》である。

「乱暴にしちゃ厭《いや》だよ、お侍さん」

「うむ、うむ」

生返事をしながら、その男は、宮木の胸に顔を埋めると、腹を空《す》かした赤子《あかご》のように音を立てて乳首を吸う。欲望のままにというより、何かに急《せ》き立てられているように落ち着きがない。

宮木は、月代《さかやき》の伸びた男の天頂《てんちょう》を見ながら、そっと欠伸《あくび》をする。

沢庵禅師が大久保彦左衛門の屋敷を訪れた日の夜——そこは、神田須田町《かんだすだちょう》にある〈信濃風呂《しなのぶろ》〉の二階の小座敷だ。普通の湯屋《ゆや》ではなく、男性客専門の湯女風呂である。

僧侶が斎戒沐浴《さいかいもくよく》する寺院の湯屋を管理する僧のことを、湯維那《ゆいな》と呼ぶ。禅宗では、浴主と呼んだ。

この湯維那が湯那と省略され、さらに、民間の湯屋が誕生すると、そこで働く女性たちを〈湯女〉という当字《あてじ》で呼ぶようになったのである。

湯女の歴史は古く、すでに南北朝の時代から存在し、入浴客の世話をしながら、時に応じて売淫も行っていた。

江戸の町に湯女が現れたのは慶長の頃だが、盛んになったのは寛永年間になってからである。

元和三年――徳川幕府は、小田原《おだわら》牢人・庄司甚内《しょうじじんない》に日本橋・葺屋町《ふきやちょう》に遊廓を造ることを許可した。政府公認の売春窟〈吉原遊廓《よしわら》〉の誕生である。

しかし、吉原は昼間しか営業しておらず、何度も通わないと遊女と同衾《どうきん》することが出来ない上に、料金が非常に高かった。

それに対して、湯女風呂は夜も営業しているし、風呂に入ってさっぱりしてから気軽に遊べる。しかも、入湯料も安かったから、吉原を敬遠した客が湯女風呂に流れてしまったのだ。

格式の高い一流の料亭が、牛丼のチェーン店に客を奪われたようなものである。年間二万両という冥加金《みょうがきん》を幕府に納めている吉原の廓主《くるわぬし》たちは、町奉行所に湯女風呂の取締を強く要請したが、湯屋主たちは「売春ではなく、女たちと客の自由恋愛だ」という意味の弁明をして、のらりくらりと役人の追及を躱《かわ》した。二年前の寛永十四年に、「湯女は一軒につき三名限り」という法令を出したものの、今では元の木阿弥《もくあみ》になっている。

この信濃風呂でも、正規の湯女三名以外に、小女《こおんな》という名目で六人の娘が働いていた。宮木も、実は小女ということになっている。

今、彼女が相手にしている客は、三十代後半の牢人者であった。

この牢人は、夕暮にやって来て風呂に入り、宮木が垢擦《あかす》りをしてやった。それから二階に上がって、ゆっくり時間をかけて酒を三合ほど飲み、彼女と同衾《どうきん》したのである。

湯殿でも酒を飲んでいる間も、牢人はほとんど喋《しゃべ》らず、何か考えこんでいる風情《ふぜい》だった。陰気な客だと思ったが、金離れが良かったので、宮木は我慢して相手をしていたのだ。

「ん……」

　牢人は、性急に彼女に押し入ってきた。せわしなく、腰を使う。酔いで汗ばんだ肌と肌がぶつかって、漏れ手拭《てぬぐ》いを叩きつけるような湿った音を立てた。

　出すものを出させたら、面倒だから酒で酔《よ》い潰《つぶ》させてしまおう——技巧的な悦声《よがりごえ》を上げながら、宮木が思っていると、

「——姐《ねえ》さん」

　障子《しょうじ》の外から、声がかかった。さすがに、牢人が律動《りつどう》を止める。

「油を差しに参りました」

　吉原遊廓でも湯女風呂でも、心中《しんじゅう》や刃傷沙汰《にんじょうざた》を防止する意味から、行燈《あんどん》の油の継《つ》ぎ足しという名目で、夜中に若い衆が各座敷を見まわることになっている。

「ああ、ご苦労さん。今夜は、やけに早いね」

　宮木はそう言いながら、上掛けをずり上げた。

　と、いきなり、牢人が軀《からだ》を離した。上掛けを跳《は》ねのけながら、枕元の大刀《だいとう》をつかむ。

　ほぼ同時に、障子を蹴倒して二人の武士が飛びこんできた。二人とも、刀の下緒《さげお》を襷《たすき》掛《が》けにして、袴《はかま》の股立《ももだ》ちをとるという臨戦態勢である。しかも、すでに

脇差《わきざし》を抜き放っていた。

「ひい――っ！」

宮木のけたたましい悲鳴を断ち斬るように、牢人が抜刀し、左側の武士に振り下ろす。が、その武士は、脇差でその大刀を弾《はじ》き飛《と》ばした。得物《えもの》を失った牢人は、二人に背を向けて出窓の方へ走った。その背中に、右側の武士が脇差の一撃を浴びせる。

「わっ」

牢人は、窓の障子に体当たりするようにして、その向こうに消えた。二人の武士は、手摺《てす》りから身を乗り出して下を見ると、全裸の牢人者は奇妙な姿勢で路上に倒れている。草鞋履《わらじば》きの二人は、身軽に地面へ飛び降りた。

何事かと集まってきた野次馬に向かって、一人の武士が、

「我々は、大目付《おおめつけ》柳生但馬守様の配下の者である。御用の途中だ、みな退《さ》がれっ」

その間に、もう一人がかがみこんで、身動きをしない牢人者の気息《きそく》を確かめる。

「どうだ」

「いかん。首の骨が折れておる」

溜息《ためいき》をついて、その武士は立ち上がった。

「これでは、仲間の居場所を吐かせることは出来ぬ」

その通りの角に潜んでいた仲間の武士たちが、足早に近づいてくる――。

三

「湯女を買いにきた島原《しまばら》牢人を、死なせてしまったそうだな」

茶を立てながら、柳生但馬守宗矩は呟くように言う。

「はっ」

柳生十兵衛《じゅうべえ》は頭を下げた。

「あの寺内玄馬《てらうちげんば》なる者に軽い手傷を負わせて、仲間の許へ逃げ帰るのを尾行する手筈《てはず》だったのですが……彼奴《きゃつ》め、湯女風呂の出窓から転げ落ちた拍子に首の骨を折りまして。今少しで、島原牢人一味の隠れ家が判明するはずでしたのに。申し訳もございません」

翌日の午後――柳生家上屋敷《かみやしき》の茶室に、但馬守と十兵衛はいる。

十日ほど前、江戸城吹上《ふきあげ》御庭において、三代将軍家光《いえみつ》は、大奥坊主として入りこんだ刺客《しかく》に、命を狙われた。間一髪《かんいっぱつ》でそれを阻止したのは、警固の役人ではなく、牢人髪結《かみゆい》の鷹見新三郎であった。

刺客を放ったのは、〈島原の乱〉の責任を問われて取り潰しになった島原藩松《まつ》倉《くら》家《け》の残党だとわかっている。

藩主だった松倉長門守勝家《ながとのかみかついえ》は死罪となり、その弟の重利《しげとし》は讃岐《さぬき》城に預けられていた。三男の三弥《さんや》だけは罪を問われず、牢人となっている。この松倉三弥こそ、今回の将軍暗殺一味の首謀者と思われるのだが、その足取りは杳《よう》としてつかめなかった。

「本日、江戸城で松平伊豆守《まつだいらいずのかみ》から、島原牢人の探索を町奉行所に任せてはどうか――と言われてな」

「伊豆めが、そのような事を」

作法通りに茶を喫した十兵衛は、左眼に怒気を浮かべた。

「控えい、十兵衛。相手は仮にも御老中《ごろうじゅう》ぞ」

但馬守は苦笑する。

松平伊豆守信綱は、九歳の時に家光の小姓《こしょう》となり、小姓組番頭《ばんとう》、六人衆を経て、寛永十二年に老中に就任した切れ者である。〈智慧《ちえ》伊豆〉と呼ばれるほどであった。

本当の戦場を知らぬ世代として、大久保彦左衛門など古参の家臣たちからは軽く見られていた。しかし、昨年、幕府軍の総大将として島原の乱を鎮圧してからは、伊豆守の名声はさらに高まっている。

そして、生え抜きのエリート官僚である松平伊豆守は、兵法者上がりで徳川幕府の表沙汰にならぬ仕事を引き受けている〈汚れ役〉の柳生但馬守に対して、抜きがたい不信感をいだいていた。無論、それは但馬守の側とて同様である。

「わしは言うてやったよ。上様暗殺未遂の一件を、満天下に公表できるものなら、それもようございましょうな——と。伊豆め、むっとして立ち去ったわ」

十兵衛は笑った。

「その時の様子、見とうございました」

但馬守宗矩の父・柳生石舟斎宗厳《せきしゅうさいむねよし》は、大和《やまと》の豪族である新蔭流《しんかげりゅう》の開祖である上泉伊勢守信綱《かみいずみいせのかみのぶつな》との試合に負けて、伊勢守の弟子となり、のちに柳生新蔭流を開いた。

文禄《ぶんろく》三年に、徳川家康は起請文《きしょうもん》を差し出して柳生石舟斎に弟子入りし、その五男である又右衛門《またえもん》宗矩は、関ヶ原の合戦《かっせん》の論功として二千石を与えられた。

そして慶長六年に、千石の加増とともに、柳生又右衛門宗矩は、将軍家兵法指南役に取り立てられたのである。これによって、柳生新蔭流は天下の御留流《おとめりゅう》となった。

戦場で有効なのは槍《やり》などの長物《ながもの》で剣術は役に立たないと言われるが、大坂夏《おおさか》の陣の時、徳川秀忠の本陣にあった柳生宗矩は、豊臣方《とよとみがた》が不意打ちを仕掛けてきた時に、秀忠を守って七人の荒武者を斬り伏せたという。

宗矩は、寛永六年には従五位下《じゅごいげ》但馬守となり、寛永九年十二月に大目付となった。さらに寛永十三年には、四千石の加増により、一万石の大名になっている。

大目付――惣目付《そうめつけ》ともいう――の役目は、全国六十余州の諸大名の監視であり、老中の支配下にありながら、その老中をも監視している。そして、将軍と直《じか》に話すことも出来たから、老中にとっては、まことに目障《めざわ》りな存在であった。

また、柳生但馬守は、沢庵禅師から送られた「不動智神妙録《ふどうちしんみょうろく》」などを参考にして、自ら筆をとり「兵法家伝書」を記している。

その中で、但馬守は、乱世には敵を斬り伏せる〈殺人刀《せつにんとう》〉が要《い》るが、平時に必要なのは、剣術の修行によって自己の精神を練り上げる〈活人剣《かつにんけん》〉だ――と述べている。

柳生十兵衛三厳は、その但馬守宗矩の長男だ。下に弟が三人、妹が一人いる。

十兵衛のその剣才は父親を凌《しの》ぐと言われ、柳生家の文書である『玉栄拾遺《ぎょくえいしゅうい》』には、「弱冠にして天資はなはだ梟雄《きょうゆう》」と記されている。

慶長十一年の生まれで、十三歳で家光の小姓となったが、寛永三年に突然、出仕《しゅっし》を止められた。十兵衛、二十一歳の時である。家光の機嫌を損じたためというのが、表向きの理由だ。

柳生但馬守は、自分の門弟たちを諸大名の許へ兵法指南役として送りこんでいる。役を離れた十兵衛は、全国を歩き廻《まわ》って、この門弟たちと直に会うことが出来た。それによって得られた極秘情報は、逐一、但馬守へ送られている。

これが、出仕停止の本当の理由であった。

昨年――寛永十五年に、ようやく家光に赦《ゆる》されたという形で、十兵衛は再び、江戸城へ出仕している。

正式の家臣や門弟たちとは別に、非合法活動に従事する〈影柳生《かげやぎゅう》〉をかかえて、徳川政権の暗部を担《にな》っている父子であった。それゆえ、今度のような暴挙を企んだ島原牢人一味は、必ず柳生の手で殲滅《せんめつ》せねばならない。

「一味は、松倉三弥を入れて八人。それら全員の人相書も出来ております。隠れ家さえ発見できれば、影柳生を動員して、皆殺しにいたします。親父殿。今しばらく、この十兵衛に、ご猶予《ゆうよ》をくだされ」

「うむ、任せる」

柳生但馬守は頷《うなず》いてから、十兵衛の方を見て、

「ところで、忠長公の遺臣だという例の牢人髪結のことだが」

「鷹見新三郎のことですか」

「刃引《はび》きの脇差で、刺客の女坊主の手首を落とし袈裟《けさ》懸《が》けに斬り倒す……並の兵法者に出来ることではないな」

「はい。真《しん》の刃筋《はすじ》を会得《えとく》しておらねば、到底なしえぬ業《わざ》です」

十兵衛は、我が事のように誇らしげに言う。

日本刀で、ある物体を斬るためには、進入の角度が問題になる。進入角度が浅いと、藁束《わらたば》ですら刀を弾き返《かえ》してしまう。斬りこんだとしても、横に滑ったり、途中で止まったりする。

厳密に言えば、物体のある一点における有効な進入角度は、ただ一つしか存在しないのだ。

それを兵法者たちは〈真の刃筋〉と呼ぶ。

真の刃筋で敵を斬れば、必要最小限の力で両断することができる。しかも、刀

に無理がかからないから、刃こぼれもなく、斬れ味を鈍らせる血脂《ちあぶら》の付着も微量で済む。

それゆえ、ただ一刀で大勢の敵を斬り倒すことが可能になるのだ。さらに、刃引きの刀で人間を斬ることすら可能であることは、新三郎が証明している。

しかし、これは実は大変なことなのだ。

人間は衣服を纏《まと》っているし、皮膚があり、脂肪層と筋肉があり、中心には骨がある。しかも、生きて動いているのだ。

その相手を両断する真の刃筋を一瞬の内に読み取り、その理想的な軌道に正確に刀を振り下ろさねばならない。

絶対に不可能とは言えないが、限りなく不可能に近い業《わざ》である。鷹見新三郎は、それを遣《つか》う境地に達しているということか。

「真の刃筋を会得した兵法者……前に会ったことがあるのう、そういう男に」

「そうですな」

十兵衛は、左眼に当てた赤銅《しゃくどう》の鍔《つば》に、そっと触れた。〈その男〉が、彼の左眼から光を奪ったのである。

「ですが、新三郎は奴とは違う。新三郎は、まだ……何と言いますか、揺れています」

鷹見新三郎の話になると、自然と口元がほころんでしまう十兵衛であった。

「斬ったのは慈悲だな」

但馬守が冷たい声で言う。

「生きたまま捕まれば、女坊主はお前たちに責め問いにかけられる。だから、その者は、女坊主を楽に死なせてやったのだ。危険な男よ」

「………」

十兵衛は、咄嗟《とっさ》に返す言葉が見つからなかった。

「斬れ」

但馬守は、あっさりと言った。

「は？」

「そやつを斬れと申したのだ」

「新三郎は上様の御命《おいのち》を救ったのですぞ、親父殿っ」

「お前、甘くなったのではないか」

柳生但馬守の両眼は、抜き身の鋭さを帯びて十兵衛を見つめる。

「我ら柳生者《やぎゅうもの》、将軍家の御為《おんため》には、神に会《お》うては神を斬り仏に会うては仏を殺す覚悟がのうてはならぬ。たとえ相手が赤子《あかご》であっても、わしが命じたら、斬れ。わかったか、十兵衛！」

「はっ」

十兵衛は、歯を喰《く》いしばって平伏した。

四

私は、ずいぶんと耳聡《みみざと》くなっている——と長谷川梢《はせがわこずえ》は思う。

「お帰りになった……」

縫物を置いて立ち上がり、玄関の方へ行くと、開け放した戸口から、ちょうど生垣《いけがき》の角を鷹見新三郎が曲がってくるのが見えた。

大納言小紋《だいなごんこもん》の広袖《ひろそで》に片襷《かただすき》を掛け、角帯《かくおび》を締めて台箱を右手に下げている。夕暮の赤い空の下で、梢の姿に気づくと、微笑を浮かべて頷いた。

梢も頭を下げると、さすがに玄関から飛び出してゆくのは、武家《ぶけ》の娘としてはしたないと思い直し、上《あ》がり框《かまち》の脇に正座をする。

新三郎は玄関へ入って来て、

「今、戻ったぞ」

「お帰りなさいませ」

三指《みつゆび》をついて頭を下げた梢は、台箱と襷を受け取った。

新三郎が無事に江戸城から戻った日から、梢は、氷川《ひかわ》明神裏の借家を引き払って、この天王町《てんのうちょう》の彼の家に同居しているのだった。事実上の新婚生活と言えよう。

梢は、甲斐甲斐《かいがい》しく新三郎の着替えを手伝い、熱い茶を入れる。

「旅の支度はできたか」

「はい。先ほど、大久保の御前から旅籠《はたご》代の足《た》しにせよ――と金子《きんす》まで届きました」

「そうか」

暗殺阻止の功により、三代将軍家光から下賜された百両の金は、そのまま大久保彦左衛門に渡して、屋敷の庭にある牢人長屋の運営費にしてもらっている。彦左衛門は、旅費の補助という名目で、その一部を新三郎に返してよこしたのであろう。

「江戸へ戻ったら、御老体《ごろうたい》に、すぐにお礼の挨拶に参ろう。仲人《なこうど》殿と祝言《しゅうげん》の打ち合せもあるしな」

温かみのある口調で、新三郎は言った。双眸《そうぼう》に昏《くら》い硬質の翳《かげ》を宿していた頃とは、別人のように穏やかな表情である。

「はい……」

梢は頬を染めて、こくんと頷く。

新三郎の主君だった駿河大納言忠長《するがだいなごんただなが》は、将軍家光の実弟であるのに、幕閣の勢力争いに利用された挙げ句に、自害《じがい》に追いこまれた。その時、涙ながらに介錯《かいしゃく》をして忠長の首を落としたのが、新三郎なのである。

忠長は死して後も、高崎《たかさき》の大信寺《だいしんじ》にある墓石には鎖が巻かれ、位牌には金網を掛けるという屈辱を受けていた。

が、吹上御庭で新三郎に命を救われた家光は、彼との約束を守って、すぐに使者を大信寺に送り鎖や金網を除去させたという。

新三郎は、それを我が目で確かめ、改めて墓参りがしたかった。それに梢を同行して、亡き主君に妻となる娘を目通りさせたかったのである。

江戸日本橋から高崎までは、中仙道《なかせんどう》を二十六里と十五町――約百六キロ。新三《しんざ》たちの足だと、往復で六日から七日というところだろう。

四月の吉日には、大久保彦左衛門を仲人に正式な祝言を挙げる予定だ。

桜の一枝を手にして江戸城から戻った時、新三郎は、己《おの》れの胸の中に飛びこんできた梢に、「夫婦になろう」と告げたのである。その日から梢は、ずっと甘い夢の中にいるような心地であった。

朝、新三郎を送り出してから家事を済ませて、二日置きに旗本《はたもと》屋敷などへ出稽《でげい》古《こ》へ出かけ、日のある内に戻って来て、新三郎の帰りを待つ。

毎日、新三郎と一緒に夕食を摂《と》り、同じ褥《しとね》に休み、一緒に朝食を摂る。夜中に目覚めて、いつも、新三郎の顔が間近にある。ただそれだけの事なのに、五体の隅々にまで暖かな充足感と安らぎが行き渡っている。

人の世の本当の幸せというのは、こういうものなのか――と思わずにはいられぬ梢であった。

「夕餉《ゆうげ》になさいますか、それともお風呂に」

「そうだな。やはり、先に風呂へ行ってくるか」

「はい」

梢は、手拭いと糠袋《ぬかぶくろ》を用意して、すぐに座敷へ戻った。と、思わず、立ちすくんでしまう。

裏庭を眺めている新三郎の横顔に、重い苦悩の色があったからだ。

二呼吸ほどして、新三郎は彼女が戻ってきたことに気づいた。

「どうした、何かあったのか」

屈託《くったく》のない顔で、梢に訊《き》く。苦悩の色は拭いとったように消えていた。

「い、いえ……これを」

手拭いと糠袋を受け取った新三郎は、鉄色の着流しの袖に湯銭を落とすと、いつもと同じように湯屋へ出かけた。

が、それを見送った梢の胸は、嵐の海のように波打っていた。

(あの方《かた》は……本当は、まだ……)

五

その気配に気づかなかったのは、油断していたとしかいいようがない。

(俺は不忠者なのではないか……)

徳川家光に「忠長を自害させたことは、余の誤りであった。許せ」と謝罪されて、将軍家への恨みは消えた新三郎であった。

そして、長谷川梢を娶《めと》り、人並みの穏やかな生活をしようと決めた新三郎であった。

だが、梢と暮らし始めて日がたつにつれて、灰色の煩悶《はんもん》が徐々に心を浸食するようになった。

(我が殿は、武士として耐え切れぬ無念の中で御自害なされた。それなのに、生き残った家臣のこの俺が、幸福な暮らしを夢見てよいのだろうか……)

考えても考えても、結論の見つからない問題であった。

(俺は何と弱い人間なのだろう……殿の無念を思いながら、その実、梢との暮らしに安らぎを見いだしている)

湯屋からの帰り道、新三郎は思い煩《わずら》いながら、人けのない普請場《ふしんば》の横を通る。

と——いきなり、背後の闇《やみ》が牙を剝《む》いた。

「っ!」

新三郎は振り向きざまに、大刀で斬りかかろうとしていた男に、糠袋を投げつけた。

濡れた糠袋は、男の編笠《あみがさ》の縁《ふち》に叩きつけられ、そのために大刀の軌道が止まる。

その隙《すき》に、新三郎は左逆手《さかて》で脇差を抜いていた。

甲高《かんだか》い金属音がして美しい火花が散り、二人は、ぱっと離れて間合《まあい》をとる。

「何者だ」

周囲に伏兵がいないかどうか、感覚を研ぎ澄ましながら、新三郎は問う。

危なかった。相手の斬りこみがもう少し鋭かったら、振り向く暇《いとま》もなく絶命していたに違いない。心の箍《たが》が弛《ゆる》んでいたのだ。

「俺は、鷹見新三郎という牢人者。人違いするな」

「人違いではない」

男は、ゆっくりと大刀を納めると、編笠をとった。三十歳前後の、頰の削《そ》げた鋭角的な顔立ちの武士であった。牢人のようだが、月代はきちんと剃《そ》っている。

「無礼の段はお許し願いたい。拙者《せっしゃ》は、先の島原藩主・松倉長門守勝家の弟で、松倉三弥と申す者」

「松倉……では、女坊主の刺客を大奥に送りこんだ一味の首魁《しゅかい》か」

「左様。しかし、その刺客をお主に討たれた仕返しにきたのではない。お主に話があってな」

「背後から斬りつけておいて、話も何もあるまい」

新三郎は、皮肉っぽく唇を歪《ゆが》める。

「まずは刀を引いていただけまいか。これ、この通り」

三弥は、両手を膝に当てて深々と頭を下げた。

他に仲間が隠れている様子はない。新三郎は無言で脇差を納刀《のうとう》して、

「──で、話とは何だ」

六

中仙道は、板橋《いたばし》を第一の宿駅として、次が蕨《わらび》宿、その次が浦和《うらわ》宿と続く。

翌日──日の出とともに家を出た新三郎と梢が、蕨宿を通り過ぎたのは、巳《み》の上刻《じょうこく》──午前十時頃であった。

熊野《くまの》権現《ごんげん》のある辻村《つじむら》を抜けて小さな橋を渡ると、行く手が急な上り坂になっている。焼米坂《やきごめざか》である。

「梢、あの坂はきつそうだから、そこの茶店で一服していくか」

「はい、新三郎様」

茅葺《かやぶ》き屋根の茶店の軒下の縁台に、二人並んで座ると、すぐに老爺《ろうや》が熱い茶を持ってきた。

街道の両側が田畑ばかりで、彼方に富士山の姿がある。梅雨《つゆ》前の、汗ばむほど

によく晴れた日であった。

　薬の行商人らしい男が、旅慣れているらしいきびきびした足取りで、焼米坂を上ってゆく。

「今夜は桶川《おけがわ》泊りにしたいのだが、足は辛《つら》くないか」

「新三郎様、梢は仮にも兵法者でございます。四里や五里歩いたところで、何ほどのこともありません」

　梢は、努めて明るい口調で言った。

　新三郎は当然、袴と羽織《はおり》の旅支度だが、彼女も袴姿の男装である。この格好の方が、歩きやすいからだ。無論、忠長の墓参りをする時のために、女の衣服も一式用意して、背中に背負っている。

「それに……前の旅は辛《つ》ろうございましたが、今度の旅は嬉しいばかりで……」

「前の旅？　……そうか、江戸へ下ってきた時のことか」

　梢の父・長谷川久蔵《きゅうぞう》は、播州《ばんしゅう》某藩の藩士であったが、主家が取り潰しになり、妻の弥生《やよい》と九歳になる娘の梢を連れて江戸へ出てきたのである。

　その旅が、幼い梢にとって楽しみに満ちたものでなかったことは、容易に想像がつく。

伊吹新流《いぶきしんりゅう》の遣《つか》い手《て》であった久蔵だが、一徹《いってつ》な性格が災いして、仕官《しかん》どころか町道場の師範代《しはんだい》すら勤まらなかった。妻は貧困の中で病《やまい》に倒れ、息をひきとった。

そして、久蔵は、川勝儀右衛門《かわかつぎえもん》という旗本に卑怯《ひきょう》な手口で殺されたのである。

梢は、新三郎と大久保彦左衛門の助力によって、見事に儀右衛門を討ち果たして、父の無念をはらすことが出来たのであった。

「富士のお山が綺麗《きれい》……」

「いつか、富士の浅間《せんげん》神社にもお参りしたいものだな」

「ええ。本当に」

昨夜、湯屋から帰ってきた時の新三郎は、なぜか蒼《あお》ざめた表情をしていて、梢を不安にさせた。

閨《ねや》の行為も、どこかお座成《ざな》りで、心ここにあらずという風であった。

しかし、未明に目覚めた時には、憑物《つきもの》が落ちたような屈託のない顔になっていたので、梢は、ほっとしたものである。それで、あえて、昨夜のことは訊くまいと決めた梢であった。

「あの……わたくし、ちょっと」

茶を飲み干した梢は、頬を赧《あか》らめて、言い澱《よど》む。

「ああ、裏に井戸がある。顔を洗ってきなさい」

小用《こよう》だと察して、新三郎は言った。梢は彼の気配りに感謝して、茶店の裏へまわる。

新三郎は、茶代を縁台の端に置いて、

(斬りこみか……)

——昨夜の松倉三弥の話とは、それであった。

本日の正午、徳川家光は寛永寺《かんえいじ》参詣を行う。三弥たち八名の島原牢人衆は、その行列に斬りこみをかけるつもりなのだ。

そのために、八人は、深夜のうちに下谷広小路《したやひろこうじ》の各所に身を潜めるという。

「お主の腕を見込んで頼む。我らと共に、襲撃隊に加わってくれぬか」

「血迷ったか。俺は、そなたたちが送りこんだ刺客を斬った男だぞ」

「わかっておる。生かしてはおかずに、斬り伏せてくれた理由も、想像がつく。阻止されたのは残念だが、その心遣《こころづか》いには感謝しておるよ」

「………」

「聞けば、そなたも主家を失った身。それも、科《とが》なくして御自害に追いこまれた駿河様の遺臣というではないか。ならば、石にかじりついても家光公を討ちたいという我らの存念も、わかってもらえると思うが」

「失礼ながら……松倉家お取り潰しは、故無《ゆえな》きことではあるまい」

「無論、苛酷な取り立てで領民を一揆《いっき》にまで追い詰《つ》めたのは、我が殿の罪だ」

しかし、一揆のもう一つの原因は、容赦《ようしゃ》ない切支丹《キリシタン》狩りである。

「切支丹どもの殲滅は御公儀《ごこうぎ》の方針。我が松倉家は、それを忠実に実行したにすぎぬ。なれば、一揆の責任の半分は家光公にもあるではないか。それを、殿を……兄上を死罪にしただけではなく、お家断絶とは納得できぬ」

そもそも、徳川幕府はその成立以来、三代に亘《わた》って、ひたすら大名潰しを行ってきた。慶長から元和年間だけで、改易《かいえき》になった大名が六十六家、転封《てんぽう》が百四十一家という凄さである。

戦乱の世ならいざ知らず、泰平の世では再仕官は非常に難しい。幕府は大名家を潰すだけ潰しておいて、禄《ろく》を失い牢人となった家臣たちに対する救済など、全《まった》く考えていない。だから、巷《ちまた》には牢人が溢《あふ》れている。

「我らの理が通らぬことは、よくわかっておる。ただ、我らは、驕《おご》り高《たか》ぶっておる幕府の連中に、一寸《すん》の虫にも五分の魂があることを思い知らせてやりたいのだ。もとより、勝算も生き延びるつもりもない」

その気になったら、明日の朝、下谷の〈ひさご〉という居酒屋に来てくれ――

と三弥は言った。

「俺が公儀に密告したらどうする」

「それをせぬ人物と見込んだから、この大事を打ち明けたのだ。我らと共に死ぬ覚悟ができたら、来てくれ。待っている」

松倉三弥は去った。新三郎は、石の塊を呑《の》まされたような気分で、糠袋を拾って家へ戻った。

そして……梢と高崎へ行く方を選んだのである。松倉三弥から将軍襲撃計画に誘われて、かえって、迷いが消えたようであった。

（これで良かったのだ。梢も喜んでくれている。下谷広小路を血に染めて、それで何がどうなるというのだ。それに……今から江戸へ戻ったところで、到底、正午には間に合わぬ。もう、間に合わぬ……）

焼米坂の方から、軽やかな鈴の音が聞こえてきた。

浦和宿へ旅人を送り届けた帰りらしい馬が、馬子《まご》に牽《ひ》かれて、のんびりと歩いてくる。

――それに目をやった瞬間に、新三郎の心の奥底で蠢《うごめ》いていた何かが弾けた。

考えるよりも先に、彼は、その馬の方へ走り出していた。

七

新三郎の乗った馬が板橋宿を矢のような勢いで通り抜けて、一里塚に差しかかった時、行く手に立ちふさがった武士がいた。

その武士が大手を広げて睨みつけたので、馬は怯《おび》えて立ち止まってしまう。

「十兵衛っ！　邪魔をするなっ」

それは、柳生十兵衛三厳であった。黒っぽい打裂羽織《ぶっさきばおり》に裁着袴《たっつけばかま》という姿だ。

「駆けつけても無駄だ、新三郎！　松倉三弥ども八名は、悉《ことごと》く影柳生が討ち取った」

「何だと……」

新三郎は、自分に柳生の見張りがついていたのだと悟った。その見張りが、新三郎と接触した三弥を尾行して、島原牢人衆の待ち伏せ場所を探り出したのだろう。

「上様を討つためではなく、死ぬために戻ってきたのだろうが……全ては終わったのだ、新三郎。お主は、梢殿と一緒に江戸を離れるのだ。そして、二度と江戸へ戻ってくるな」

新三郎は馬から降りると、十兵衛の前に立つ。

「俺を……討てと言われたのか」

「江戸に、お主のいる場所はない。他国で、梢殿と仲睦《なかむつ》まじく暮らすのだ。な、新三郎」

ゆっくりと周囲を見まわしてから、新三郎は、

「ただ一人で来てくれたのか。礼を言うぞ、十兵衛。だが、俺は、もう逃げるのが厭になった」

「……梢殿はどうしたのだ」

「蕨宿の先に、置き去りにしてしまった」

何もかも割り切ったつもりだったのに、空馬《からうま》を連れた馬子が通りかかるのを見た途端に、新三郎の激情が爆発したのである。

縁台に荷物を置いたまま、馬子のところへ駆けつけ、「この馬を借りるぞっ」と言いながら小判を押しつけて、相手の返事も聞かずに、馬を走らせたのであった。

今頃、梢は茶店で途方にくれているだろう。

「街道の真ん中では、具合が悪い。あそこに行こう」

十兵衛は、街道脇の雑木林の向こうにある空地の方へ、顎《あご》をしゃくった。

新三郎は馬の轡《くつわ》を取って、その空地に向かった。十兵衛も、その後に続く。

馬を松の木に繋《つな》ぐと、新三郎は羽織を脱いで、刀の下緒で襷掛けをした。それから、袴の股立ちをとって、足捌《あしさば》きを自由にする。

草鞋の紐を締め直すと、新三郎は寛永寺の方角を向いて、松倉三弥たちのために手を合わせた。そして、隻眼《せきがん》の兵法者と対峙《たいじ》する。

「待たせたな、十兵衛」

「うむ。俺とお主は、こうなる宿命だったのだろうよ」

十兵衛は、左足を引いて半身《はんみ》になった。大刀の鯉口《こいぐち》は切ったが、右手は、まだ柄《つか》にかかっていない。

(俺の三日月斬りを誘っているのか……)

主君の首を落とした右手では、決して人を斬らぬと誓った鷹見新三郎であった。

その左の逆手で脇差を抜き、大刀の柄を握ろうとした敵の右手首を斬り落とす――これが無尽流抜刀術《むじんりゅうばっとうじゅつ》の奥義《おうぎ》〈三日月斬り〉だ。脇差が三日月のような弧《こ》を描いて、相手の手首へと走るところから、この名が付けられたのである。

右手が左腰に走って大刀を抜くよりも、左手が左腰の脇差を逆手で抜く方が、間違いなく早いのだ。

新三郎がその業を遣うことを知っていながら、あえて、大刀を抜かずに対峙した柳生十兵衛であった。

（三日月斬りを破る手があるというのか。ならば、見せてもらおう）

じりっ、と新三郎は間合を詰めた。

十兵衛もまた、じりじりと間合を詰める。

二人の濃厚な殺気が見えない塊となって衝突し、周囲に渦を巻いていた。

ついに、新三郎が一気に間合を詰めて、左手を閃《ひらめ》かせた。

銀色の三日月が、十兵衛の右手を落とすかと見えた刹那《せつな》、がっとその動きが停止してしまう。

何と、十兵衛は右手ではなく、左の逆手で大刀を半ばまで抜いたのであった。

その大刀と新三郎の脇差が、十字に嚙《か》み合ったのだ。

相手の右手を落とす三日月斬りは、つまり、相手が右手で抜こうとしなければ遣えない。十兵衛は、新三郎と同じく左の逆手で大刀を抜くことによって、その弱点を突いたのである。

「三日月斬り破れたりっ！」

叫びながら、十兵衛は腰をひねって、大刀を抜き放った。当然、その刃《やいば》は脇差と噛み合ったまま、斜め上を向くことになる。

その瞬間、新三郎の脇差が、刃の上を滑って大刀の鍔元に達した。

乾いた音がして、十兵衛の左手の小指に、脇差の刃が押し当てられる。

「これは……っ!?」

柳生十兵衛は愕然となった。大刀の鍔が、真っ二つに断《た》ち割《わ》られて、その半月のような形をした片側が落ちてしまったのだ。そして、新三郎の脇差が直に自分の指に触れているのである。

その脇差が少しでも引かれれば、十兵衛の左手の指は、ぽろぽろと簡単に斬り落とされるであろう。

「奥義、半月落《はんげつお》としっ」

新三郎は、ぱっと斜め後方へ跳《と》び退《さ》がった。

その大刀を素早く地面に突き立てると、十兵衛は、右手で脇差を抜く。

「順手ならば、相手の鍔を断ち割って親指を斬り落とす……そういう業《わざ》か」

「そうだ」

「なるほど……親指を落とされれば、もはや刀は持てぬ。恐ろしい業もあったものよ」

十兵衛は、野生の肉食獣のような獰猛《どうもう》な嗤《わら》いを見せた。沈痛であった顔に、生き生きとした精気が漲《みなぎ》っている。

「だが、今一度、それが通用するかな」

その時、蹄《ひづめ》の音が急速に近づいてきた。

雑木林を駆け抜けて空地へ入った馬から、一挙動で飛び降りたのは、長谷川梢であった。

「梢っ」

「新三郎様っ、及ばずながら御助勢仕《つかまつ》ります！」

決然と脇差を抜き放つ。気丈《きじょう》な梢は、姿を消した新三郎の意図を察し、彼と同じように馬を入手して追ってきたのである。

「夫婦剣《めおとけん》、二人揃って我が手にかかるかっ」

十兵衛は真っ白な歯を剝き出しにして、吠《ほ》え立てた。全身から殺気が放射されて、後ろ髪がばりばりと逆立つ。

梟雄《きょうゆう》の血が沸騰しているのだ。

「――待ていっ、十兵衛」

大声ではないが、ずっしりと腸《はらわた》に響く声であった。

三人が振り向くと、小柄な老僧がこちらへ歩いてくる。街道の端に、この老僧が乗ってきたらしい四手駕籠《よつでかご》が止まっていた。

「沢庵禅師……」

十兵衛は、意外な人物の登場に驚きの声を洩らす。

「三名とも、刀を引いて控えよ。上意であるぞ」

沢庵は、書付けを押し出すようにする。

「はっ」

十兵衛は、脇差を背後にまわして、地面に片膝を突いた。新三郎と梢も、それに倣《なら》う。

「上意――駿河牢人鷹見新三郎、徳川家に対して格別の働きあるをもって、手出し無用とする也。寛永十六年己卯《つちのとう》三月――徳川家光」

沢庵はそれを広げて見せて、

「わかったか、十兵衛。鷹見新三郎を斬ることは、上様がお許しにならぬ」

「はっ……」

今は殺気も消えた十兵衛は、しっかりと頷いて、

「禅師。この十兵衛、お礼の申し上げようもございません」

「うむう」

沢庵は、新三郎の方へ顔を向けた。

「鷹見新三郎と申す愚か者は、そなたか」

いきなり、辛辣《しんらつ》な言葉を浴びせられて、新三郎は咄嗟に返事が出来ない。

「どうした、愚か者と言われて不服かのう」

「御坊《ごぼう》には……主君を亡くした者の気持ちは、おわかりになりますまい」

「わからぬのは、そなたの方じゃ。一廉《ひとかど》の兵法者と見えるが、そなた、兵法の修行は何のためにするか、知っておるかい」

「己れの心胆を練り上げ、いかなる危機に陥《おちい》っても不動心を保って、冷静に対処するためでございましょう」

「立派な答じゃが、少し違う。いや、全く違うな」

「と、申されますと」

新三郎は、挑むような瞳を老僧に向けた。

「兵法者が我が身を削るような厳しい修行をするのは、真実《まこと》の武士になるためじゃ」

「真実の武士……」

「武士は我が命を鴻毛《こうもう》の軽きにおいて、死を怖れぬ者のこと——と俗人は言うが、そんなのは二流の武士よ。死を怖れぬというだけなら、そこいらの酔っ払いと変わらぬではないか」

「………」

「新三郎」沢庵はやさしい口調になって、「真実の武士とはのう、剣を振るって殺生《せっしょう》をしても己れを見失わぬ者のことを言うのだ」

どっこいしょと言いながら、沢庵は地面に座りこんだ。四手駕籠で飛ばしてきた疲れが、一気に出てきたのだろう。

新三郎も梢も十兵衛も、老僧の次の言葉を待つ。

「武士である限り、戦《いく》さ場《ば》でも平時でも、他人の命を奪わねばならぬ時がある。心の修行の足りぬ者が殺人を犯すと、どうなるか。ある者は、殺しの興奮に溺《おぼ》れて悪鬼の虜《とりこ》となり、人殺しを楽しむようになる。また別の者は、他人の命を奪った罪深さに責め苛《さいな》まれて、煩悶《はんもん》するあまり立ち直れなくなってしまう。誰かのように、な」

「……」

「他人の命を奪っても、その事実をしっかりと己れの中にかかえこんで、心がねじ曲がることもなく、人を殺す前と同じように穏やかに生きる、穏やかに生きることができる——それが真実の武士じゃ。剣の修行とは、畢竟《ひっきょう》そのためのもの。上手《じょうず》に人を斬る工夫など、ただの余録《よろく》じゃ。わかるか、新三郎」

「御坊……」

「忠長公は、そなたに介錯を頼む時に、何と言われた」

「追い腹《おばら》は許さぬ、余の代わりに生きのびろ——と仰せられました」

　喉の奥から絞り出すようにして、新三郎は答える。

「そうであろう。忠長公は、そなたを真実の武士と見込んだのよ。己れの首を落とした後も、武士として立派に生きられる漢《おとこ》、と見込んだからこそ、介錯させたのじゃ。しかるに、そなたが、そのように思い悩んでいては、忠長公も浮かばれまい」

「わたくしは……未熟者です」

新三郎は、自分の膝を握りしめて熱い涙を流した。肩が震えている。

「仰せは尤《もっと》もなれど、とても、そのように納得できませぬ。このような未熟者は……一体、どうすればよろしいのでしょう」

「そのような有様では、忠長公の墓参など無理であろう」

沢庵は、別の書状を懐《ふところ》から出して、それを新三郎に渡した。

「京の大徳寺へ行け。これが紹介状じゃ。三年間、大徳寺で座禅を組んだら、少しは得るものがあるじゃろう。それでも悟入《ごにゅう》できねば、江戸へ立ち戻って、今度こそ十兵衛と決着をつけるなり、上様の命を狙うなり、好きなようにするがいい」

「御坊は、どうして、そのように……」

「なあに、彦左衛門殿からそなたの話を聞いて、死なせるには惜しいと思ったまでよ」

「わかりました。仰せの通りにいたします」

新三郎は涙を拭った。

「あの、沢庵様」

新三郎の斜め後ろから、遠慮がちに梢が声をかける。

「わたくしも京へ上って、門前で新三郎様をお待ちしても、よろしゅうございましょうか」

「三年間、待てるかな」

「三年が三十年でも、待ちまする」

長谷川梢は、きっぱりと言う。

「よろしい。この切手があれば、どこの関所でも通れる。これは旅費の足しじゃ、持っていて邪魔にはなるまい。よし、よし」

新三郎と梢は、衣服を直して丁重に礼を述べると、二頭の馬に跨《また》がった。

「十兵衛。さらばだ」

「おう」

互いの瞳を強く見つめ合ってから、新三郎は、馬腹を蹴った。

街道を西へ走り去る二人を、十兵衛と沢庵は見送る。

「禅師……」

「ん？」

十兵衛は、ぽつりと言った。

「俺は新三郎が羨《うらや》ましい」

柳生十兵衛三厳の逸話に、次のようなものがある。

――ある人が、十兵衛の刀の鍔が赤銅《あかがね》なのを見て、赤銅の鍔は柔らかくて斬り落とされやすいから実戦向きではない、と指摘した。

すると十兵衛は、「拙者においては、斬り合いの場で鍔を頼むことはない」と笑ったという。

だが、その後で、こう付け加えた。

本当の達人の前では、何の鍔であろうと役には立たぬものよ――と。

鷹見新三郎が、再び江戸の地を踏むことはなかった。寛永十九年に大徳寺を出た新三郎が、梢とともに何処《どこ》へ去ったのか、その行方は誰も知らない――。

番外篇　橋（書き下ろし）

俺は何のために生きているのか——新三郎《しんざぶろう》は、己《おの》れに問いかけた。

寛永《かんえい》十四年の秋の夜更け——駿州牢人《すんしゅうろうにん》の鷹見《たかみ》新三郎は、神田川《かんだがわ》に架《か》かった吉《きち》祥寺《じょうじ》橋の欄干《らんかん》にもたれかかり、暗い川面《かわも》を見下ろしている。

それは、今までに数百回は繰り返してきた問いかけであり、そして、答えの出ない質問でもあった。

我が主人である駿河大納言忠長《するがだいなごんただなが》の自害に立ち合って、介錯《かいしゃく》役を務めたのが、四年前のことである。

周囲の圧力で、実兄の家光《いえみつ》と三代将軍の座を争うことなった忠長は、悲劇の人であった。

その争いに敗れた忠長は、家光から蟄居《ちっきょ》を命じられて、上州《じょうしゅう》の高崎藩《たかさきはん》にお預けとなった。

幽閉屋敷にただ一人、同行を許された家臣が、鷹見新三郎なのである。

幕閣の重臣たちは、忠長を蟄居させただけでは、いつか反家光派に担《かつ》がれて謀《む》反《ほん》を起こすのではないか——と不安だったのだろう。

ついに、忠長を自死に追いこんだのである。

主人の首を落とした新三郎は、葬《とむら》いを済ませると、牢人として、あてもなく関八州《かんはっしゅう》を流れ歩いた。

無頼《ぶらい》の生き方であり、人も斬ったし女も抱いた。

酒を浴びるほど飲んでも、心の奥の虚洞《うろ》を忘れることは出来なかった。

新三郎、追《お》い腹《ばら》は許さぬ、余の代わりに生きのびよ——というのが、忠長の最期の言葉である。

しかし、主人の介錯をしながら殉死《じゅんし》も出来なかったという事実が、重い負債となって鷹見新三郎の人生にのしかかっていた。

どうして生きているのか、何のために生きているのか、そして、いつまで生きていれば良いのか——その問いに答えはない。

将軍家光のお膝元である江戸《えど》へ、新三郎が足を向ける気になったのは、風の噂に、山本廉蔵《やまもとけんぞう》が番町《ばんちょう》にいると聞いたからである。

二つ年上の山本廉蔵は、元は馬廻《うままわ》り役で、新三郎とは無尽流抜刀術《むじんりゅうばっとうじゅつ》の同門であった。

初めて見た江戸の広さと賑やかさに戸惑いながら、ようやく廉蔵の住居《すまい》を訪ねあてたのは、日も暮れる頃であった。

剣友が住んでいたのは、侘《わ》びしい裏長屋であった。

「おう、新三郎であったか。久しいのう」

無精髭《ぶしょうひげ》を伸ばした廉蔵は、大喜びで新三郎を迎えると、すぐに酒を買ってきた。

湯呑みで酒を酌《く》み交わしながら、思い出話に華《はな》を咲かせる二人であった。

「ところで、紀代《きよ》殿は出かけているのか」

細君《さいくん》の姿が見えないので、新三郎が何気なく訊《き》くと、「うむ……」と廉蔵は言葉を濁した。

それから、廉蔵は表情を改めて、「実は、新三郎。ちと、相談がある」と切り出した。

「お主《ぬし》も知っている通り、今の世では牢人が仕官するのは難しい。俺も、あらゆる伝手《つて》を頼って、色々とやってみたが、駄目だった……そこでな、道場を開こうと思う」

「無尽流の剣術道場か」

「そうだ。抜刀術の道場は少ないから、競合する心配もないしな」

「廉蔵殿は教え方が上手《うま》いから、たしかに、師範《しはん》は似合っているかも知れんが
……」

この尾羽打《おばう》ち枯《か》らした様子で、道場を開く金子《きんす》を用意できるのか——と、新三郎は疑問に思った。

「いや、場所の心配はいらんのだ。麹町《こうじまち》の外れに、元は柔術の道場だった建物があってな。そこを、格安で借りられそうなのだ」

「なるほど」

それなら何とかなりそうだ——と新三郎が喜ぶと、

「新三郎も一緒にやらんか」と廉蔵。

「一応、俺の方が年上だから師範となり、お主が師範代ということになるが……それが不満なら、同格でも良いのだ」

「いや、廉蔵殿の下につくことに不満などないが……俺には、人に剣を教える資格がない」

新三郎は暗い表情で答えた。

「殿の介錯を務めたことか。それも忠義ではないか、気にすることはない」

「しかし……」

「どうしてもというのなら、無理は言わぬがな。その代わり――」

廉蔵の目が、にわかに、卑《いや》しげな光を帯びる。

「格安で借りると言っても、無事に門弟が集まるまで多少の経費がかかる。すまんが、用立ててくれぬか」

「こんな浪々の身でなければ、無論、助力させてもらうが」

新三郎は苦笑した。

「残念ながら、ない袖《そで》は振れぬ」

「つれないことを言うな。一人だけ家臣の同行を許されるのなら、鷹見新三郎を――と亡き殿に言われるほど、気に入られていたお前だ。多額の遺金《いきん》を、形見金《かたみがね》を、渡されているだろう」

「遺金だと」新三郎は眉をひそめた。

「たしかに、殿は自害される前に、手元にある百数十両はそなたに与える――とおっしゃった。だが、それは殿の葬儀代と供養料として、高崎の大信寺《だいしんじ》に納めてきたから、俺は一文《いちもん》も受け取っておらぬ」

「隠すな、新三郎。同門の誼《よしみ》ではないか。独り占めせずに、少しでよいから、俺にも分けてくれ」

哀れっぽい声で言う、廉蔵であった。

「やめてくれ。俺は、そんな廉蔵殿の姿を見たくなかった」

新三郎が立ち上がると、廉蔵は、その袖に縋《すが》りついて、

「女房まで吉原《よしわら》に売って、あちこちに金をばら撒《ま》いたが、仕官はかなわなかったのだ。頼む、俺を助けると思って」

「紀代殿を……あの貞女を、遊女に堕《お》としたのか」

新三郎は啞然《あぜん》とした。

穏やかで慎ましやかであった紀代の顔が脳裏に浮かんで、新三郎は、胸が潰れるような気がした。

「のう、新三郎。十両でも、五両でもいいから……」

なおも無心する山本廉蔵を振り払って、新三郎は、裏長屋から飛び出した。

どこをどう歩いたかわからぬが、気がつくと、吉祥寺の門前町にいた。

諏訪山《すわざん》吉祥寺は、創建が室町《むろまち》時代という古刹《こさつ》である。

新三郎は門前町を抜けて、神田川に架《か》かる橋に差しかかった。

橋の北西には、広さ十万坪以上という水戸家《みとけ》三十五万石の下屋敷《しもやしき》がある。

夜更けだから、神田川沿いの通りには人影はない。

江戸になど出てくるのではなかった——と新三郎は思う。

忠長の家臣たちが落魄《らくはく》しているであろうことは察していたが、剣友であった男の惨《みじ》めな姿を目《ま》の当たりにして、やり切れなかった。俺も、いつの日か、あのように落ちぶれるくらいなら、今のうちに殿の墓前で……。

「——旦那」

背後から、突然、声をかけられて、

「っ！」

新三郎は、弾《はじ》かれたように振り向いた。

そこに立っていたのは、三十前と見える遊び人風の男だ。

こんな近くに来られるまで、全く相手の気配に気づかなかったとは、剣術者として迂闊《うかつ》という他ない。よほど、気分が落ちこんでいたのだろう。

「何者だ」

「名乗るほどの者じゃございませんよ」

男は笑みを浮かべる。中肉中背で、表情は柔和《にゅうわ》だが、したたかそうな顔つきをしていた。

「ただ、そこから川に飛びこむのは、おやめになった方がいいんじゃないかと思いましてね」

「牢人とはいえ、武士が死ぬのに、入水《じゅすい》などするものか」

「その方が、ようござんす。橋ってのは、こっちからあっちへ渡るもんで、三途《さんず》の川へ渡るもんじゃありませんからね」

男は、新三郎と並んで欄干にもたれかかる。その身のこなしが、粋《いき》であった。

男は、親しげな口調で、

「身投げで死ぬのは女が多いが、ホトケになって浮かんでくるまで、川の底をごろごろと転がされるんでしょうねえ。水の勢いというのは恐ろしいもので、見つかった時には着物が脱げて丸裸になってたりする」

「………」

「その姿を、検屍《けんし》の役人が来るまで、野次馬どもに見物されるんですから、生き恥…じゃなくて、死に恥を曝《さら》すわけですよ。まあ、身投げも首吊《くびつ》りも、あんまり格好のいい死に方じゃありませんね」

「………」

「もっとも、格好のいい死に方なんてものが、あるのかどうか、わかりませんが」

「俺は別に、死ぬ気はない」

気勢を削《そ》がれて、新三郎は言った。

背中に貼りついていた死神が、どこかへ消え去ったような気分である。

「でも、生きる気もあんまりない——というところですか」

「お前は易者《えきしゃ》か。生憎《あいにく》だが、見料《けんりょう》の持ち合わせはないぞ」

「見料を頂戴するのは、また、次の機会にして……この御時世《ごじせい》で、牢人で暮らすのは大変でしょうねえ」

「そうだな」

山本廉蔵の姿を思い浮かべて、新三郎は溜息《ためいき》をついた。

「元亀天正《げんきてんしょう》の昔なら、腕さえ立てば幾らでも仕官の口があっただろうが、今では邪魔者扱いだ。実際のところ、戦《いく》さがなければ、侍など無用の長物なのかも知れぬ」

「それじゃあ、いっその事、おやめになったら、どうです」

ずばりと、男は言う。

「刀を捨てて、町人になれというのか」

新三郎は、目を見張った。その選択肢は、今の今まで全く思いつかなかったのである。

「まあ、一足飛びにそこまで思い切るのは難しいでしょうから、髪結《かみゆい》というのは、どうですかね」

「髪結……」

「こいつは講釈師の話で聞いたんですが、お侍というのは戦さ場《ば》で、お互いの月代《さかやき》を剃《そ》ったり、髪を結ったりするそうじゃありませんか」

「その通りだ。平時でも、主君の月代を剃って髪を結うのも、小姓《こしょう》の役目だしな」

高崎の配所で毎朝、忠長の月代を剃ったのは、新三郎であった。

「江戸には、廻り髪結という商売がありましてね。こいつは、御牢人だけがなれる稼業で。大小を捨てる必要はありません。みんな、脇差《わきざし》を帯に差して、得意先を廻ってますよ」

男は滑らかに説明する。

「町人の髪を結うのが厭《いや》になったら、いつでも、二本差《にほんざし》に戻れる。元手《もとで》も要《い》りません」

廻り髪結には元締《もとじめ》というのがいて、初めての者には、道具一式を貸してくれる。毎日、その日の売り上げから、道具の借り賃を払うという仕組みだ。廻り先も、その元締が紹介してくれるのだという。

「ふうむ」

新三郎は、ほろ苦い笑いを浮かべた。

「どうか、なさいましたか」

「いや。前に、手先が器用だから髪結が勤まりそうだ——と言われたことを思い出してな」

「そう言ったのは、女ですね」

「まあ、な」

お銀《ぎん》という道中師《どうちゅうし》の言葉であったが、その女も裏稼業の暗闘で殺されている。

新三郎が江戸へ出てきた理由のひとつは、お銀の死であった。

「明神様《みょうじん》…神田明神の門前町にある恵比寿《えびす》長屋に、春日参右衛門《かすがさんえもん》という御牢人がいらっしゃいます。少しばかり堅物すぎるが、面倒見《めんどうみ》の良いお人《ひと》で、この方に頼めば、髪結の元締を紹介してもらえますよ」

男は熱心に言った。

「物は試しというじゃありませんか。春日様に相談だけでもしてみたら、如何《いかが》で。この神田川沿いの道をまっすぐに行って、高林寺《こうりんじ》の坂を下って、左へ入ったら、その先が神田明神です。恵比寿長屋と訊けば、誰でも知ってますよ」

「お前は、どうして、見も知らぬ俺に、そんなに親切にしてくれるのだ」

「お節介なのは、江戸っ子の常……もっとも、あっしは上総《かずさ》の出《で》ですがね」

新三郎は少し考えてから、

「せっかくのお節介だ。夜更けだが、今から、その春日という御仁《ごじん》を訪ねてみよう」

その端麗な顔には、先ほどまではなかった生気が甦《よみがえ》っている。

「そうなさいまし」

「お前には、礼を言わねばならんだろうな。俺は…」

「おっと」

名乗りかけた新三郎を、男は片手で押し止《とど》めた。

「あっしのような半端者《はんぱもの》に名乗ったら、旦那のお名前に傷がつきます。お互いに名無しの権兵衛《ごんべえ》、この場は、それでいいじゃありませんか」

「そうか。では――」

新三郎が会釈すると、男も腰を折って頭を下げる。

そして、鷹見新三郎は、神田川の北側の道を歩き去った。

その後ろ姿を見送っていた男は、長い溜息を洩らしてから、

「――待たせたな、おい」

そう言って、橋の南詰めの方を見る。

暗がりの中から、旅姿の男が出てきた。

二十代半ばで、日焼けした顔に両眼を光らせている。腰に長脇差《ながどす》を落としていた。

「ここへ俺を呼び出したのは、おめえか」

「そうだ。上総無宿《むしゅく》の新三だな」

「おうよ。閻魔堂《えんまどう》の新三という野暮な渡世名《ふたつな》を背負った男さね」

自分自身を嘲笑《あざわら》うように、男は言った。

「二年前に、相模《さがみ》一家の銀次《ぎんじ》を殺したことを、よもや、忘れちゃいめえ」

「うむ」

男――新三は頷《うなず》く。

「渡世の義理で、何の恨みもねえ銀次という旅人を手にかけたのは、確かに、こ

の新三だ」

「俺は、銀次の弟分で猪助《いすけ》って者だ。今こそ、仇敵《かたき》をとらせてもらうぜっ」

吠《ほ》えるように言って、猪助は長脇差を抜いた。

「いいだろう、相手になってやる」

表情を消した新三は、懐《ふところ》から匕首《あいくち》を抜いた。

互いに欄干を背にして、新三と猪助は対峙《たいじ》する。

「――――」

「――――」

しばらくの間、二人は睨み合って動かない。

どこかで、野犬の遠吠えが聞こえた。

それが合図だったかのように、猪助は長脇差を突き出して、突進する。

「あっ」

驚愕《きょうがく》の声を発したのは、猪助であった。

新三が無抵抗のままで、その胸を刺し貫かれたからである。

「新三、おめえ…」

「猪助さんよ……人が来る前に、逃げな」

苦しげに喘《あえ》ぎながら、新三が言った。

「見事な仇討ちだったぜ……」

そう言って、新三は、ずるずると欄干から滑り落ちて、橋板に座りこんだ。周囲に、血溜まりが出来ている。

それを見た猪助は、急に恐怖がこみ上げてきたらしい。

小さく「ひっ」と叫んで、猪助は橋の北詰めへと駆け出した。

「なるほど……死ぬのは、こんなに痛いもんだったか……格好よくは、いかねえなあ」

そう呟くと、新三は唇を歪《ゆが》めて、絶命する。

一人の牢人者を死神の手から救っておいて、新三は、自分の命は無造作に捨てたのであった。この男は、生きている理由を、とうに失っていたのだろう。

孤独な男の死《し》に様《ざま》を、三日月の細い光が冷たく照らしていた。

あとがき

この作品は、歌舞伎の『梅雨小袖昔八丈《つゆこそでむかしはちじょう》（髪結新三《かみゆいしんざ》）』をヒントにしたもので、第一話の『三日月斬り《みかづきぎ》』は、光文社の「小説宝石」平成八年八月号に掲載されました。幸いにも、この第一作の評判が良かったので、シリーズ化できたわけです。番外篇の『橋』は、廣済堂文庫のための書き下ろしです。

ちなみに、全七話中、最も読者の人気が高かったのは、第四話の『黒髪悲恋《くろかみひれん》』だそうです。

やはり、〈悲恋〉というのは日本の文化の重要な要素なのだ――ということを実感しましたね。

歌舞伎では享保《きょうほう》年間が舞台になっているものを、三代将軍家光《いえみつ》の時代に移したために、史実を色々と脚色していますので、ご容赦ください。

本作品に続いて、近松門左衛門《ちかまつもんざえもん》の『鑓《やり》の権三重帷子《ごんざかさねかたびら》』を下敷きにした作品も考えていたのですが、これは実現しませんでした。

私が、初めての大人向け時代小説である『修羅之介斬魔剣《しゅらのすけざんまけん》』を書いた時、〈牢《ろう》人《にん》〉と〈浪人〉の表記の区別をどうするか、かなり悩みました。

結局、禄《ろく》を離れた武士が「活躍」できる最後の機会が由比正雪《ゆいしょうせつ》の〈慶安《けいあん》の変《へん》〉であったとして、それ以前を牢人、それ以降を浪人とすることにしました。

ですから、この作品では、鷹見新三郎《たかみしんざぶろう》たちは牢人という表記になっています。

これは、ネタバレになってしまいますが——第七話で柳生但馬守《やぎゅうたじまのかみ》と十兵衛《じゅうべえ》の会話に出てくる〈その男〉とは、『修羅之介斬魔剣』の主人公・榊修羅之介《さかきしゅらのすけ》のことです。

時代小説を書き始めた時の私の作品は、笹沢左保《ささざわさほ》・大藪春彦《おおやぶはるひこ》・柴田錬三郎《しばたれんざぶろう》という三巨人の影響を強く受けていますが、読み返して見て、本作品は主人公やヒロインの造形に柴田さんの色が非常に濃いと感じました。

番外篇は、元ネタとのコラボレーションに近い内容です。舞台となる吉祥寺《きちじょうじ》橋《ばし》は、明暦《めいれき》の大火以降は、〈水道橋《すいどうばし》〉と呼ばれるようになりました。

この番外篇の参考のために、山中貞雄《やまなかさだお》監督の遺作である『人情紙風船《にんじょうかみふうせん》』（昭和十二年）をＤＶＤで再見しましたが、いやあ、中村翫右衛門《なかむらかんえもん》の髪結新三が素晴らしい。

弥太五郎源七《やたごろうげんしち》との決闘場所に赴く前に、新三が居酒屋の縄暖簾《なわのれん》をいじる仕草など、『灰《はい》とダイヤモンド』（昭和三十三年）のズビグニエフ・チブルスキーや『約《やく》束《そく》』（昭和四十七年）の萩原健一《はぎわらけんいち》などの遙か以前に、日本の映画界にこのように繊細な演技をする役者がいたという事実に、感動します。

そして、二十八歳という若さで、このような名作を撮った山中貞雄監督は、「天才ではなく超天才である」との認識を新たにしました。

山中監督が無事に中国大陸から復員していれば、戦後の日本映画界の大黒柱になっていたと思います。

さて、次は『黒十手捕物帖《くろじってとりものちょう》』の完全書き下ろし第三巻を、二〇一八年の春に刊行の予定です。ご期待ください。

二〇一七年十二月

鳴海　丈

〈参考資料〉

『黒髪の文化史』大原梨恵子（築地書館）
『江戸結髪史』金沢康隆（青蛙房）
『日本の髪型と髪飾りの歴史』橋本澄子（源流社）
『朝日百科・歴史を読みなおす⑲／「髪結新三」の歴史世界』（朝日新聞社）
『別冊太陽／江戸精密工芸尽し』（平凡社）
「歴史読本／江戸ものしり事典」（新人物往来社）
『江戸町方の制度』石井良助・編（新人物往来社）
『三河物語』大久保彦左衛門／小林賢章・訳（教育社）
『講談社名作文庫／大久保彦左衛門』（講談社）
『島原の乱』煎本増夫（教育社）
『兵法家伝書』柳生宗矩／渡辺一郎・校注（岩波書店）
『名作歌舞伎全集　第十一巻』郡司正勝／他・監修（東京創元社）
その他

初出一覧

三日月斬り　「小説宝石」　平成8・8月号
牢人狩り　「小説宝石」　平成9・1月号
闇からの刺客　「小説宝石」　平成9・5月号
黒髪悲恋　「小説宝石」　平成9・10月号
漢の背中　「小説宝石」　平成10・1月号
大奥の牙　「小説宝石」　平成11・2月号
剣の心　「小説宝石」　平成11・3月号

この作品は、一九九九年七月に光文社時代小説文庫から
「髪結新三事件帳」として刊行されたもののタイトルを
変更し、著者が新たに加筆訂正したものです。

特選時代小説

KOSAIDOBUNKO

秘剣三日月斬《ひけんみかづきぎ》り

髪結新三《かみゆいしんざ》 事件控《じけんひかえ》

2018年2月1日　第1版第1刷

著者
鳴海《なるみ》 丈《たけし》

発行者
後藤高志

発行所
株式会社 廣済堂出版
〒101-0052 東京都千代田区神田小川町2-3-13 M&Cビル7F
電話◆03-6703-0964［編集］ 03-6703-0962［販売］ Fax◆03-6703-0963［販売］
振替00180-0-164137　http://www.kosaido-pub.co.jp

印刷所・製本所
株式会社 廣済堂

ISBN978-4-331-61673-4　C0193

鳴海 丈の痛快時代小説

悪党坊主龍念
死美人に葬いの唄を

定価 本体667円＋税

ISBN978-4-331-61669-7

神田・極楽長屋に住む龍念は菩提寺の僧に代わって枕経を読む〝お通夜坊主〟だが、裏の稼業は悪い奴から金を巻き上げる凄腕の〝強請屋〟でもあった!! 病死した大店の娘が暴行殺人だと突き止めた龍念は、犯人から大金を脅し取ろうとするが、そこには敵の危険な罠が待っていた!?

鳴海 丈の痛快時代小説

悪党坊主龍念
品川宿に美女を狩れ

定価 本体667円+税

ISBN978-4-331-61670-3

箱根湯本で、破戒僧の龍念と寝た湯女が死んだ!! 心中に見せかけて殺されたのだ。並外れた巨体と最強の真拳述を武器に狡猾な事件の真相を暴き、ついでに悪人共から大金を巻き上げる龍念だったが、彼の行く手には、さらに手強い悪党共の残忍無類の媚肉の罠が待ち受けているのだった!?